imaginist

想象另一种可能

理想国

imaginist

红楼夢幻

《红楼梦》的神话结构

白先勇　奚淞　著

上海三联书店

一切现象本质就是梦幻

目 录

序言一

天书解谜

白先勇

二〇一四年在趋势教育基金会的支持下，因缘际会，我在台湾大学开讲《红楼梦》。我在加州大学教书，也时常教授这本文学经典，中国最伟大的小说。但退休二十年后，重执教鞭，返回母校，为台大小学弟、小学妹，分享我毕生阅读红书的心得，当然，又是别有一番境界。毕竟事隔二十年，我已年近耄耋，人生况味的体验，又深了一层，对《红楼梦》也就多了一份了解、感应。未料到《红楼梦》讲座一讲三个学期，一百个钟头，从第一回讲到第一百二十回。我自己也觉得似同顽石历劫，上至太虚幻境，下至大观园，走了一遭。在太虚幻境的孽海情天里，我似乎也窥到那册秘籍，上载着金陵十二钗的各自命运：

三春去后诸芳尽，
各自须寻各自门。

《红楼梦》十二支曲悠悠奏起时，我只听到最后两句：

好一似食尽鸟投林，
落了片白茫茫大地真干净！

大观园繁花似锦，大观园繁华落尽，转瞬间红楼一梦，黄粱未熟。最后贾宝玉大出离与他父亲贾政辞别，合十四拜，面上似喜似悲，随着一僧一道飘然而去，一声禅唱，归彼大荒。讲到这一回，我亦不禁“悲欣交集”。

《红楼梦》是一本天书，有说不完的玄机，有解不尽的密码。一百二十回愈掘愈深，讲了一百个钟头好像仍未达到尽头。这部奇书难解，主要原因是《红楼梦》的写实层面，曹雪芹写得太精彩，一般读者都把红书只当作一本描写十八世纪乾隆盛世贵族家庭林林总总的写实故事；殊不知深一层看，《红楼梦》其实是一本处处暗伏着隐喻密语的象征主义小说。在写实的架构上，其实覆盖着一层以神话寓言为轴心的神秘宇宙。而《红楼梦》中的神话寓言，又多以佛道为主。是《红楼梦》一书引导我渐渐走向佛门。但我对佛法了解不够深刻，因此，讲到红书中的佛教寓言，总觉得还未能深入其境。

二〇一八年，趋势教育基金会执行长陈怡蓁又怂恿我开讲《红楼梦》，一共四讲，第二讲的讲题为："《红楼梦》的神话架构与儒、释、道的交互意义"。这回我请出了我半生相交的至友奚淞来助讲，以补我的不足。奚淞修佛数十载，深谙佛理，同时他又赋有艺术与文学的感性，对于《红楼梦》有个人独特深刻的看法。

我常常跟奚淞讨论一些两人都爱好的文学作品，彼此一番心灵交流。远在一九八六年，我有一次演讲："贾宝玉的俗缘：蒋玉菡与花袭人——兼论《红楼梦》的结局意义"。我的讲稿便是奚淞整理的。定稿前，我们两人细细地讨论了一番这本天书。那是一次触及灵魂的交谈，悦愉之情，难以形容。

二〇一八年五月，奚淞与我在台大博雅教学馆的演讲一讲就是四个钟头，从两点讲到六点。奚淞一发不可收拾，侃侃而谈，阐发了许多闻所未闻的佛学哲理。例如他发现英莲（香菱、秋菱）的眉心有一颗红痣，那是一枚菩萨印。香菱这个人物其实有其菩萨性，她是第一个出场的女性人物，也是最后收场的一个。曹雪芹当然赋予这个人物不寻常的意义。这个论点，我相信前人从未道过。奚淞好像在布法，下面数百名受众都被迷住了，四个钟头竟无人离席，那是一次我们两人最和谐的天书解谜。

序言二

虚空中的梦幻舞台

奚淞

想来，如果不是相识半世纪的老友先勇授意，也不会发生“趋势教育”邀我参加《红楼梦》讲座的事罢。计划中，与先勇相对座谈的题目是——“《红楼梦》的神话架构与儒、释、道的交互意义”。然而，这不期而来的邀约却令我大大紧张起来。

衔命谈《红楼梦》，令我重新翻开尘封已久的经典巨著，钻出钻进，真个是钻出满头红尘。说实在，对《红楼梦》我一直是有些情怯、害怕的。

犹记少年时读《红楼梦》，对于其中繁密

的人物、衣食细节描写不太耐烦，但对于宝黛之间生死缱绻的情爱，其感动超过了莎翁戏剧《罗密欧与朱丽叶》。但特别的是，每当我涉入大观园中繁华无限、青春笑语情境，往往感受到一份莫名的萧瑟和孤伶，令我为之悚然、肃然，仿佛天地间更有超然巨眼，正凝视这群小儿女的命运。

或如同《红楼梦》二十三回中，黛玉漫步园中，偶然飘来昆曲笙笛，是梨香院隔墙有小旦正练习演唱《牡丹亭》戏文："——原来姹紫嫣红开遍，似这般都付与断井残垣——"黛玉听了不由得心动神摇、站立不住，痴坐在一块山子石边……

直到我中年学佛，读《心经》"色不异空，空不异色；色即是空，空即是色"，数语道破生命的现象和本质。我乃明白那穿透红楼热闹欢爱场景的，仿佛有远方山寺的晨钟暮鼓响起，预告了繁华落尽、好梦成空，"落了片白茫茫大地真干净"的大观园故事终局。这应该也是许多红书读者在掩卷后，如我一般，始终挥之不去的生命天问罢。

爱欲和伤痛底层藏着人生大谜。曹雪芹书序道：

> 满纸荒唐言，一把辛酸泪；
> 都云作者痴，谁解其中味？

对于曹雪芹留下的这部宛如大灯谜式的文学巨著，先勇赞之为“天书”“天下第一奇书”，三百年来，谁解其中味？我读红书至百二十回卷末，见削发出家的宝玉光头赤足，在毗陵驿渡头，向父亲所在的泊船倒身四拜。我仿佛看到蒙蒙落雪遍覆世间，平等消弭了一切坎坷悲欢。至此那古神话中女娲补天弃用的一块顽石，便也历经红楼梦幻，转贪爱为无尽悲心，证成通灵宝玉了。

从文艺转向生命的追问乃至学佛，是我的生命历程。要谢谢知我甚深的老友先勇，把我从佛堂禅关中拉拔出来，仔细参一参这段红楼公案。对我而言，实在收益甚多。

诚如瑞士心理学家荣格所说：除非是借着梦与神话，否则难以通达生命的集体潜意识。而人类文明若不能与此深层心性沟通，将成为危险、恶魔式的文明。这回我反复研读曹雪芹这本谜语般的天书，仿佛面对一片渊深巨镜；我之所见，虽不脱个人思辨，想来也能会同三百年来许多红书的爱好者，借此万古长空、一朝风月的“风月宝鉴”，多少照鉴了自己的灵魂罢。

为了参加与先勇对谈讲座，一向习惯图像性思考的我，整理对红楼神话结构所能达成的理解，用毛笔绘成一张“梦幻舞台”图档，以作为座谈时向听众列举的纲要。

图档“梦幻舞台”完成，概略是这样的：在“孽海情天”的虚空中，竖立一双“假作真时真亦假，无为有处有还无”对联的舞台柱，上方悬“太虚幻境”匾额作梁。宛如传统地方戏曲舞台般，台上贴出五张待演出的剧目，以墨汁鲜明的大字依序写出：“石头记”“金陵十二钗”“风月宝鉴”“情僧录”乃至压轴大戏“红楼梦”。

这图档上列出的剧目大纲可不是我瞎掰的。经过好一段时间研究《红楼梦》重重包裹的神话和象征，我发现解谜之道不在天边，其实近在眼前。君不见作者曹雪芹早在《红楼梦》开卷第一回前段，就已为这本天书一口气定下四个标题，再加上他向读者预示对“梦、幻”二字的特别提醒，就合成五则标题了。还有什么线索，比得上这五则标题更像是解密的钥匙呢？

最后，我以细线在虚空中圈出了曼陀罗形圆周，作为“梦幻剧场”的范畴。设计出这似有若无、包围一切剧情故事的细细虚线，其实是我想追究书中隐藏着一位最不为人留意的角色。且看这出红楼大戏、众多演员中，谁才是第一位登场又最后离场的女性？原来是那位最早被疯僧说成“有命无运、累及爹娘”的三岁女娃娃甄英莲！谁看见这甄（真）竟出入于贾（假）府大观园舞台？而这英莲又化名为香菱、成熟为秋菱，无怨无尤地历尽生命苦难，回归本名甄英莲（甄者“本真”，英莲则“应当化莲”），被父亲携往太虚幻境销案……这段包括全书而又令人视若无睹，所谓“草蛇灰线”般处理故事情节的文学手法，其密意何在？待座谈时，再详说罢。

图档完成，我参与《红楼梦》讲座的心也就比较笃定了。

很开心，能够与先勇一起说《红楼梦》。二〇一八年初夏，在台湾大学博雅教学馆101教室，两人围绕《红楼梦》的神话结构而谈。因为有屏幕将“梦幻舞台”图档依序逐次展现，谈话十分顺利。然而预定只有两小时对谈，不料打开话匣子便滔滔不绝，若不谈完哪能罢休？

“糟了，”我对满堂听众说，“这下子可要

说到天黑了。好罢，你们想打瞌睡的，尽管打瞌睡；要逃命的，别作声，站起身悄悄离开就是了。”听众想来多属“红迷”，不少人报以笑声和鼓掌。就在兴致勃勃的氛围中，一场红楼梦幻便足足说了四个小时，直到黄昏才散会。

行色秋将晚，交情老更亲；

天涯喜相见，披豁对吾真。

挽着先勇手臂走出杜鹃花校园时，想到杜甫《奉简高三十五使君》诗句，觉得能与老友如此兴会淋漓地畅谈《红楼梦》，真是太稀罕难得了。

是为《红楼梦幻》序。

虚空中的

梦幻舞台

《红楼梦》的神话架构与儒、释、道的交互意义

主办：趋势教育基金会

时间：二〇一八年五月二十七日

地点：台湾大学博雅教学馆

讲者：

文学家　白先勇

手艺人　奚　淞

▌白先勇：

这一系列《红楼梦》讲座，非常谢谢趋势科技执行长陈怡蓁，她现在是标准红迷。（“白迷！”陈怡蓁在座位上说。众笑）我在台大讲了一百个钟头的《红楼梦》，是她促成的。一百个钟头也不够，还要继续；的确，这本书是讲不完的。

今天非常特别，我们请到了对《红楼梦》有特别看法的我五十年的老友——奚淞。

《红楼梦》这本书，我说它是天书、秘籍，可以包容各种层次的看法。今天主要谈的是《红楼梦》的神话架构跟儒、释、道三家互动的关系。如果你从《红楼梦》架构来看，它是二元结构。从上一层、宏观的来看，它是一个神话架构，包括了佛、道神话，还有中国古神话。它下面那一层，即第二层是写实架构，也就是贾府大观园现实世界。妙在这里，两重天地之间，书中角色可以上天下地；

如贾宝玉可以一下子上天、一下子下地，你一点不觉得奇怪。

我们今天主要谈谈上面那一层——属于宏观的那一层，从神话、寓言来讲起。我特别请奚淞来，我想，多少年来奚淞一直关注佛法，对佛法很有修养。此外，早些年他在《汉声杂志》、汉声出版社工作，当时他做了一件重要的事，就是探索中国的创世神话。从古到今的神话除了佛、道神话，还有我们自己中国的神话。这方面，奚淞还参与了许多次民俗田野调查（field study），所以他对中国的神话了解甚深。

我想光是对佛法或道家哲学有研究、有修养的人很多，但是奚淞和一般学者不同之处在于他是一个艺术家。他画佛像、观音像，他的佛画可能在座很多人都观赏过了。同时他也是个作家。他在文学上的修养包括了小说以及细致的散文。奚淞了解佛、道及中国古神话，兼具对艺术和文学的感性，所以我今天请他来讲

《红楼梦》，跟他一起做一番对谈。在我是很难得的机会，同时，今天大家在此共聚也非常难得。

当然我和奚淞是很老很老的朋友，大概在一九八六年，那时候我做了个演讲，题目是“贾宝玉的俗缘”，谈贾宝玉跟蒋玉菡以及花袭人之间的关系，这段关系牵动了《红楼梦》的结局意义。这段演讲就是奚淞替我整理的，他在整理之间，也提出了许多让我有启发的见解。关于那一篇文章，如果在座有买我的书——《白先勇细说红楼梦》，书里最后附的那篇文章，就是我们两个的合作。

我们今天又一次结上红楼因缘，而且我们的老朋友施叔青也来了，大家聚在一起，真的非常非常高兴。

▌奚淞：

非常高兴能够有白先勇和“趋势”的邀

请，让我来试作《红楼梦》有关古神话和佛学方面的解说，其实是很大胆的事；接受了这个工作以后，我钻出钻进《红楼梦》，一头都是灰，真个是红尘滚滚。

说起这段因缘很有趣，有一天先勇来我家，在一楼有小庭院的茶室聊天。先勇三句不离本行，要不就是谈《牡丹亭》，要不就是说《红楼梦》，反正一讲便没完没了；这十几年来，我总是听着的多。那天说红楼，不知如何说到二十八回里贾宝玉在行酒令中作词，唱道："滴不尽相思血泪抛红豆……"

《红豆词》是一首始终被传唱、好听的歌。我接口说："这红豆，指的就是林黛玉。"先勇讶异地说："啊，怎么说，为什么红豆是林黛玉？"

我道："绛珠啊，不就是红豆的意思；黛玉前生是'绛珠仙子'么（第一回）。"

他说："欸，你怎么想到绛珠就是红豆，我倒是从来没往这里想。"

我说："你看，就在这儿，院子里随生随长，神话里的绛珠仙子就在身边。"

最近大概稍微关心植物的人，都可能察觉，有一种纤细的草本植物突破了生物的国界，泥地任何角落都冒出头来；几乎一年到头，任何不起眼的墙边草丛，结出一串串鲜艳耀眼、宛如珊瑚珠般的小果果来，有人取名为"珍珠一串红"。

我每次看到它的时候，都想说："这不是林黛玉吗？"

神话似乎永远伴随着我们。其实我们活着也就是一种神话。而林黛玉呢，这位绛珠仙子，也就来到台湾，到处都在生长。

也就因为这样一下子由园中野草引起的灵感和兴奋，先勇觉得："哎，好高兴。以前觉得《红豆词》中'滴不尽相思血泪抛红豆'中的'红豆'，是来自于王维的诗……"

"红豆生南国，春来发几枝；愿君多采撷，此物最相思。"这文学典故太有名了，所以他没想到《红豆词》中的红豆是影射绛珠，原来作者是在为绛珠仙子的以血泪还情债做了一个伏笔。那下面呢："遮不住的青山隐隐，流不断的绿水悠悠"，指的不就是《红楼梦》神话架构中的"青埂山"吗？不就是"灵川河"吗？

因为这样的引起，当先勇邀我从佛法角度谈谈《红楼梦》时，我似乎也觉得可以讲点什么。结果糟糕了，一开口便得牵连到《红楼梦》全体绵密的神话架构，宛如一部重重叠叠的大灯谜。真的像先勇所说：这是一部天书，也是千古人生之谜。

对喜爱佛学的我而言，曹雪芹巨著犹如一面渊深大镜，镜面幻化出缤纷热烈、悲金悼玉的红楼梦；但反转来看这片风月宝鉴，便是"落了片白茫茫大地真干净"的常寂光土，也即佛法的大圆镜智。既然答应了演讲，就只能尽我所能知，就佛学和神话象征的部分，进行一番剖析。

怎么来呈现它呢？我想先勇曾经说过，曹雪芹的身世，就是在雍正年间，家里祖先被抄了家以后，作为白旗贵族子弟，同时也是一个汉人，他遁隐在民间、游荡在民间；也票戏，也做手艺，他什么都会，特别是对戏曲简直是爱好到不行。

在写作方面，他把一部《红楼梦》披阅十载、五度地修改；最后呢，又把它分成回目，一章一章地调理成形。这辛苦完成的文学形式，经先勇一语道破：说《红楼梦》之所以好看，是因为每一章回目都处理得像民间戏曲中的折子戏，可说是自明代汤显祖以降，最动人的戏曲故事。

我想，虽然不能够像先勇对《红楼梦》的血肉有那么多的了解，可是我至少可以就神话架构，为它打造一个象征式的戏台出来；我为此次演讲，设计了“梦幻舞台”图档，希望在演讲的分析过程中让大家看一看，这神话中的梦幻舞台是怎么在虚空中逐次增搭完成的。

十九世纪末，一位非常好的作家和剧作家——斯特林堡*，他的《梦幻剧》†中有一句话令我难忘：

“时间和空间皆属虚幻，梦演出它的戏剧。”

它展开一个梦的世界，其实也可能是更深一层地潜入于现代物理学、生物学，或者心理学，就是要我们重新从我们跟着感官走的、这个狭隘的现象世界解脱出来，见证无限量的心性领域。

中国传统在儒、道、释三家合流以后，触及了深于表面现象的心性的世界。一般人只活在表象情境中，可是我们不知道生命经过淬炼后，可以认识到广大、无法形容的心性世界。

那也就是孟子讲的“尽其心、知其性”。就是只要你把你的心尽了、吃透了以后，你就会进到整个的天性里面去，便就是完整的“明

* ［瑞典］奥古斯特·斯特林堡（August Strindberg），1849—1912。

† *A Dream Play*，大陆译为《一出梦的戏剧》。

心见性”。

谈到心境与心性，我觉得又有几句话，能够恰到好处地评论整个《红楼梦》的神话架构。说这几句话的人，比曹雪芹要早生一百多年，那就是写《牡丹亭》的汤显祖。从他“临川四梦”四出戏剧中捡点出三句话——“因情成梦”“梦了为觉”“情了为佛”，我觉得可以为整部《红楼梦》做一番定场界说。

第一句话是“因情成梦”——因为情所以成梦。人之情动来自很深的潜意识、本能的牵引。所谓的“潜意识”就像是处于深睡状态的业力种子，冥漠中一念牵引，引出情动，导致了种种“生、住、异、灭”的现象变幻。

这个现象，为什么称它为“梦”呢？因为如果你要抓它是抓不着的，你怎么抓，它怎么变。它是无常的、让你被挟持和受苦的，它不真正属于你，它只是你误以为是“我的”现象而已。这就是“因情成梦”。

下一句更精彩。在《南柯记》里，汤显

祖说“梦了为觉”。这个“了”字，不得了！“了”，也就是《红楼梦》开场第一回里《好了歌》的那个“了”。我们不要误会，以为那个“了”就只是把它“甩下、舍去、丢掉”。不仅如此，它也是“了结”——它是一定会了结的；同时，它也是“了解”；它是可以被认识、可以“了了分明”的。

“梦了为觉”——如果涉猎佛法，就知道佛陀的母亲大摩耶夫人（Maha Maya）就叫作“大幻梦”，这位梦夫人生下一个儿子，刚生下地，他就一手指天一手指地，他是天上天下唯我独尊的一个觉察者（Buda）——一个梦的觉者。

佛母和佛陀的关联，阐明了生命的双重现象——一端就是梦，一端就是觉，所谓“梦了为觉”。

第三句话是“情了为佛”。我们不要小看了《红楼梦》里贾宝玉这个混迹在脂粉堆里的角色，因为就在他无底限的同理心和悲悯之情中，自有一个佛性藏在其中，很了不起。

说到这里，我想到为什么汤显祖出生在曹雪芹一百多年前，也就是莎士比亚的那个年代，他怎么能够为一百多年后的《红楼梦》写下如此评语呢？那当然是不可能的事。

但我们倒过来看就会发现：那是因为曹雪芹真正钟情、爱戴的文艺典范是汤显祖的戏曲作品，对不对？

▌白先勇：

我暂时打断，替奚淞再补充一下。

汤显祖对《红楼梦》、对曹雪芹影响非常大。《红楼梦》里面引了《牡丹亭》唱词好多次（比如像“游园”里面的“原来姹紫嫣红开遍”）。曹雪芹也引了奚淞讲的《邯郸梦》和《南柯记》，要把《红楼梦》《邯郸梦》和《南柯记》三本放在一起来看。

刚刚奚淞也提到《红楼梦》的写作受了戏

曲很深的影响。因为曹家、他的祖父曹寅家里面就有戏班子。曹雪芹从小看戏，刚刚讲的那几出戏，可能从小就看了好多遍，所以有心无心渗透进《红楼梦》中。

我再补充一点，就是关于汤显祖的“情观”，刚才奚淞引的几句非常好；还有他说的“情不知所起，一往而深”，“生者可以死，死可以生”。

所以情是穿越生死，一种很神秘的力量；我想也是最打动曹雪芹的力量。

▌奚淞：

然后就是汤显祖所说：“情根一点是无生债”。所以在女娲补天后，剩下那块无用的、被丢在那个青埂（情根）峰下的顽石，到最后你看它是怎么样升到青埂峰顶（情天）上去的。

▌白先勇：

刚刚奚淞说，那块石头到了青埂峰下，生根了，情已经满可怕了，情要生根。你看看，“情根一点是无生债”，所以呢？他这个情一旦生了根以后，情债永远还不完了。

我想汤显祖的情观，他的佛、道宗教哲学观的确对《红楼梦》有很大影响。所以我说汤显祖的《牡丹亭》是上承西厢、下启红楼，汤显祖的地位如此。

▌奚淞：

我们更不能忽略了中国从儒家为主的人伦理则到文学的抒情传统，都奠立在一个“情”字上，它在中国文化中占有特别地位。我们一般讲“情、理、法”或者说“通情达理”，这些都属于中国人情的领域。

我记得四十年前，先勇在美国教书的时

候，回来常常抱怨说，不晓得怎么用英文跟洋学生说明"情"是什么东西。

"情"确实是中国人的一个公案、一个文化核心；即使进入到印度传来的佛学当中，中国的佛学里也多了一个"情"字，在其他国家的佛学里是没有的。

同时，中国在漫长的文明发展中，已经把儒、道、释三家吃得透透的，有点浑然不见你我，三家形迹难分，我们只能约略地感受到它们各自占的分量。

现在开始我们的图档简报。

图档一 **一块灵石**。不得了，这块灵石啊，据这本小说的笔法来说，整部故事的创作者，就是一块石头。

要知道，就在《红楼梦》开头第一回里，那位空空道人从茫茫大士和渺渺真人那一路神话脉络中走出来，一个空而又空的出家人，是他看到这块石头，而且跟这石头你一言、我一语面对面说话的。

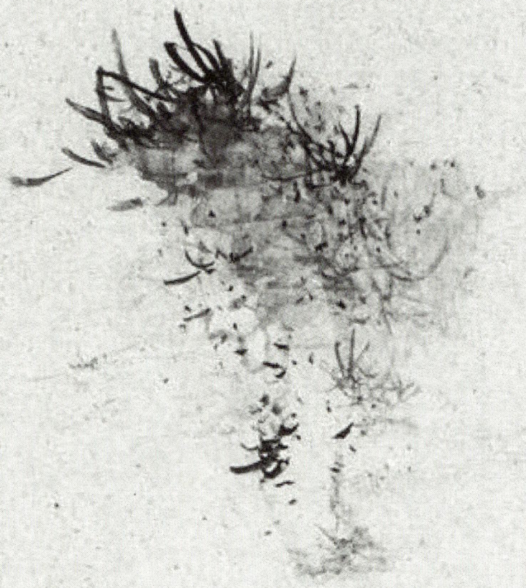

图档一 一块灵石

灵石说：这就是我一生经历红尘的故事，并且将之记写在身上——所以作者即这块石头。它也是后来小说中出现、镌刻了“通灵宝玉”四字的石头；也是红楼主角贾宝玉从娘胎里带来、甫出生即衔在嘴里的玉石。

图档二 A **通灵宝玉**。中国人的文字很吓人。一位藏传佛教法友说，他了解的中国文字简直不得了，就像“香象过河，步步到底”，一个字可能包涵了极深意义。

想想从新石器时代一直到今天，几千年下来，哪一个国家还在使用这样一个一个图形的、有象征性的、图画般的文字。我们现在就通灵宝玉来看看包括了甲骨文和金文演变在内的一个“灵”字。

小说里的贾宝玉总爱说“女儿是水做的骨肉”。关于女人、关于“女儿国”，等下我要来好好说明，它是《红楼梦》非常重要的主题。“灵”字上面覆盖着雨水，而这孕育、滋养一切生命的水，不正是“女儿国”的象征吗？

图档二 A　通灵宝玉

图档二 B 甲骨文、金文和楷书“灵”字。甲骨文，也就是商代在宫廷里面为了占卜，用龟甲烧出裂纹，并刻写一些字。“灵”字在甲骨文里被刻画成形状，下面有两个“口”字。这就像久旱不雨的时候，人们会口口声声地求雨道：哎呀，下雨吧，下雨吧，赶快吧，赶快下吧！自古以来都会有干旱缺水的问题，到现在地球温室效应下，干旱就更严重了。

再晚一点，到了周代就有所谓的金文——钟鼎文，也就是周朝的铜器上面铭刻的文字形式，把“灵”字写成或。

这下子不得了，本来是两个口——口口声声，现在变成三个口了，好像林黛玉、贾宝玉、薛宝钗三人一起求雨说：下雨吧，下雨吧，下雨吧……就降甘霖吧，降甘霖吧，降甘霖吧……

从最蒙昧的内在感觉来讲，我们的生命都是从水里来的，从无垠的大海水里来的。那么，请老天下雨吧，下雨吧！

图档二 B　甲骨文、金文和楷书“灵”字

金文下面虽然写一个字，据说它也通于“玉”字。古人以玉来祭天，所以贾宝玉本身有一个祭天的性格在。

再看看金文的另一个写法，就更精彩了。那底下的，是“心”字的象形文。这个玉就是宝玉的心。《红楼梦》中的贾宝玉始终在寻找他的心，最后他甚至说：我的心已经有了，这块身外之玉可以不要了（见第一一七回）。

整体来说，宝玉是一个企求通灵，想要用灵魂来沟通天地的角色。因为事实上这泥做的身体和个体，对我们有很大的障碍；等到老病死无常变化到来的时候，就会生起大疑惑：我怎么会变成这样了呢？我为什么老了呢？我为什么要去面对疾病、面对死亡？我所爱的东西在哪里，又有什么东西是我可以抓住不放的呢？

可以说我们的存在现象本身是一个幻觉、一场魔术，这已经不能说像一场梦——浮生若梦；它就是梦，叫作——浮生是梦。

靈字的下半部以巫字承载，就是要靠一个如乩童的巫师来挣脱表面现象的拘范，然后跟大自然的真相做成更深的连结。

这个更深的连结是什么东西呢？现代科学认为人类能够以感官察觉到的世界，只占整个宇宙质量的百分之五而已，其他百分之九十五叫作暗物质或暗能量，是我们无法察觉和测知的。

同样我们人类的生物基因 DNA 之秘已经解码了，这无尽无穷的 DNA 数据，可能是从四十亿年前的原生物开始，一直排列到今天。那是深不可测的 DNA 之海，它使你出现了，然而你的 DNA 中真正可以辨别和分析的，只有少之又少的一部分。在 DNA 译码的初期，科学家只能说那些认不出来的 DNA 是“垃圾基因”。其实，不可思议才是大神秘。

中国人早就认为人性之上，有不可言说的

天性；人要敬天，才能安立于天地之间。

至于佛学，则认为个别的现象（appearance），本身即涵藏了真如实相（reality），二者是不可分的；只是世人受无明和贪爱障蔽，看不到那不可思议的心性本质罢了。所以呢，作为《红楼梦》叙述的主角，贾宝玉挂在身上的“通灵宝玉”，象征了他此生的任务，他就是打外层空间来、追求通灵——所谓“明心见性”的这样一个人物。

我们再看字下面的，这个就是甲骨文以来、最古老的“心”字，它好像是一朵花（也请记得佛教的象征是莲花）。

所谓“情不知所起，一往而深”，此情必须要有一个对象，有所相应，才会引发整个的行动。

图档三 绛珠仙草与神瑛侍者。《红楼梦》的整个神话来源，是在灵河岸长了一株绛珠仙草。说到这里，老友白先勇立刻就提醒我说“三生石畔”，对了，就是在灵河岸三生石畔，有一

图档三 绛珠仙草与神瑛侍者

株绛珠（红豆）仙草。

另外呢，有一块石头被丢在青埂（情根）峰下。那个百无聊赖、没有用的石头很无聊，它就晃啊晃的，晃到“太虚幻境”去，跟叫作“警幻仙子”的仙女见了面。

警幻仙子看看这块石头……该当是有点来历，所以就让它住在“赤霞宫”（请记得红色），称它为“神瑛使者”。

记得当我把图档说给先勇听的时候，先勇马上瞪大眼睛说：“不是神瑛‘使’者，是‘侍’者！”

我非常感动。因为当我说“神瑛使者”时，这名字并没有太大意义，而当他一称“侍者”的时候，我立刻觉得意义出现了。因为《红楼梦》中主角贾宝玉来此世间并不是来玩的，他的任务是照护（侍候）众生。

就好像印度佛传故事中，悉达多并不是因为自己贵为太子，觉得受不了宫廷生活而出家。他是在四门出游以后，看到众生的苦恼，觉得自己必须要去解决它，才走上大出离的修行之途的。

我一直到近年来才懂，整个大乘佛学的精华，原来是“为了众生”的缘故，这叫作“发心”——把原本狭隘“小我”的心，借着随顺众生，不断增长对众生的同理心，把心无限量地放大；同时这也是唯一可以通达证悟的路，不然的话，你不会成佛。

就这点呢，所以贾宝玉在前世的神话世界中，原本是神瑛“侍”者。他天生的任务是下凡一遭，去侍候所有大观园里的姊妹和情人们。她们若有什么问题，就赶快设法去替她们挡一挡；挡不了的话要挨打，打烂屁股的。这种事情都受过了，所以他是一个十足的侍者。

回到神话架构来看红楼。当初作为一块无用顽石的“神瑛侍者”，他无聊吗？既然通灵，他就离开赤霞宫，跑到灵河岸去了。

他看到：哎唷，这株仙草这么美！于是就浇水、浇水、浇水……好了，这下子结了缘了。

这一切都是“因缘法”，这世上没有任何事情、也并无一物能够单独自主地存在。

每个人的存在都是缘起于无数不可知、不得了的条件，设想如果没有宇宙大爆炸，没有整个银河星系的完成，怎么会有我呢？而这整个宇宙的完成，全部都跟我同体，随时都与我同在，我什么时候想到过它呢？我有过感恩没有？都没有。所以呢？

一切都因为是结上缘了。这个结缘哪，可不得了啊！就因为他浇了水。自神瑛侍者浇了水以后，绛珠仙草就心生一念情意道：“哎呀，受了恩惠，该怎么办哪？”

好了，糟糕了。她就说：“我将来就用一生的眼泪来还报他罢了。”天哪，可怕不可怕？她不只是流眼泪，她是“滴不尽相思血泪抛红豆”耶！她用胭脂红泪抛红豆，使得贾宝玉非常痛苦，简直是锥心刺骨。你说她这是报仇呢，还是报恩？这就是人生大谜了。

可是呢，也就是因为这样一念的报恩之

心，牵动了整个孽海情天。诚如诗佛王维在《与胡居士皆病寄此诗兼示学人二首》中所说：“一兴微尘念，横有朝露身……”

要知道，心性海洋里无数潜藏的心性种子，都不一定会发作的。它们就是瑞士心理学家荣格所说，是潜在的心理情结、一堆一堆的情结；或可以说是潜意识，或更深层的集体潜意识。情结本来不具实质，只是虚置而已；就好像数学公式，你不把数字代进去它是完全不起作用的，可是你一牵引它的话，它可能产生惊天动地的效果。

荣格说：如果你不懂这个潜在的世界，不能够跟它善加沟通的话是很危险的。如果一个文明不懂集体潜意识，也无能与集体潜意识连结，这个文明是危险的，可能形成一个恶魔的文明。这是荣格讲的。

我们现在好像只活在意识形态中。我们只认识能够辨认出来的东西（现象），我们跟着感觉走，我们崇拜感官，而不知道感官是可以通向“明心见性”（真相）的。

绛珠仙草心念这一动，便来到警幻仙子案前登录；于是喔，牵动了、牵动了，引得一堆的情鬼都要跟着下凡了。为了完成她的报恩，这整出大戏都是由贾宝玉结缘、林黛玉动情生心搞出来的。这一堆的风流冤家，又称为下凡情鬼，听起来有点可怕，是我们有点不习惯，这“鬼”或可说“情结”，或是佛说“业力”的意思。

一旦加以牵动，所有这些虚置的心灵公式全都蠢蠢欲动。所以这堆人下凡，造历幻缘；她（他）们有共业，有个别的业；个性、地位、命运参差高低，就聚拢、形成了《红楼梦》中整体角色的大集结。

白先勇：

我来补充一点，要谈谈那块石头。大家知道，《红楼梦》开始的神话叫作女娲补天。女娲炼了三万六千五百零一块石头，对不对?

刚刚奚淞讲的那块灵石，它在青埂峰下自怨自艾，因为女娲没有用上它，没有用它来补天。它就在青埂峰下，就生了情。

我觉得你刚刚讲“牵动”很有意思，原来它有更大的任务，它是要下凡去补情天的。这个情天难补!

所以在第五回中，当宝玉梦中随警幻仙姑来到太虚幻境的时候，看到宫门上面写的是“孽海情天”四个大字。这是《红楼梦》的关键词：“孽海情天”。这就是《红楼梦》，曹雪芹的宇宙观；我们都浮沉在这个孽海情天，等着被救赎。谁来救赎?要等着贾宝玉来救赎。且看宫门下的对联，是这样写的：

厚地高天，堪叹古今情不尽；
痴男怨女，可怜风月债难酬。

这个情天是补不完的。这个情天是林黛玉

抛红豆抛坏了。这一下子，痴男怨女这些情鬼都下凡去了。

小心向你抛红豆的人。这块灵石，有得它罪受的。

▌ 奚淞：

好，下面我们来看看**图档四绛珠问心**，这个舞台慢慢要出现了。

这里给了几句关键语，牵连到宝玉将来会开悟的情节，也等于黛玉向宝玉的这块通灵宝玉问心说：你的心呢？我最后会谈到关于开悟这件事情。

事实上这是在第二十二回中黛玉质问宝玉，也是她给宝玉一些禅宗式的撞击。黛玉就开门见山地质问他说：“宝玉啊宝玉，宝者，珍贵也，你有何贵？玉者，坚强也，你有何坚？”然后又告诉他：“你不要以为你这样来去可以自在，一直要到把你脚下最后的一块板

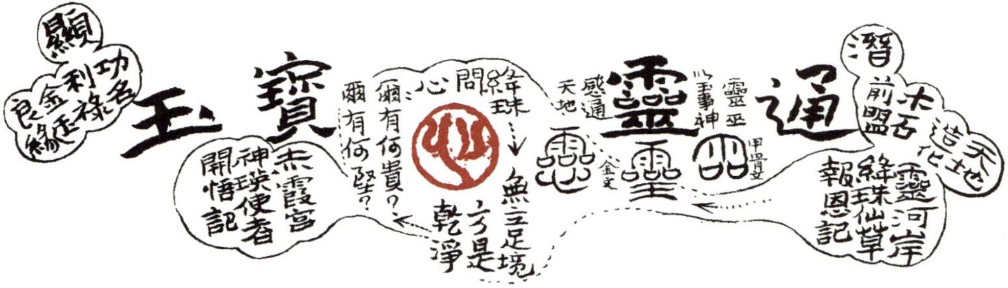

玉寶
靈通
顯
功名利祿金銀良緣
赤霞宮神瑛使者開悟記
絳珠問心
爾有何貴？
爾有何堅？
無立足境方是乾淨
天地感通
甲骨文
金文
大石前盟
造化天地
靈河岸絳珠仙草報恩記

图档四 绛珠问心

子给拆掉，让你完全无立足境（我这红豆才算抛完），所谓：‘无立足境，方是干净。’”

这里就是“尽心知性”的关键。就是说，可不可以把你所有的情都能“了”，把一个一个的情关都能“了解”跟“了结”。此处所谓“无立足境，方是干净”——这就影射到了《红楼梦》结尾“落了片白茫茫大地真干净”了。

我们看下一个**图档五太虚幻境**，整座舞台的字出来了。“太虚幻境”说明这是一出梦幻剧。

再看下一张**图档六梦幻舞台**，这是一个剧场的周围——一个圆圈。这个圆不得了，据说早在史前、石器时代的人，便以圆圈示意自己的心。圆形代表最大、无限的满足，也就是一个曼陀罗（Mandala）。

我第一次去印度的时候，买了一本旅游手册，打开书，它开宗明义说：你到印度去，样样事情都要跌破眼镜，因为那个地方是发明

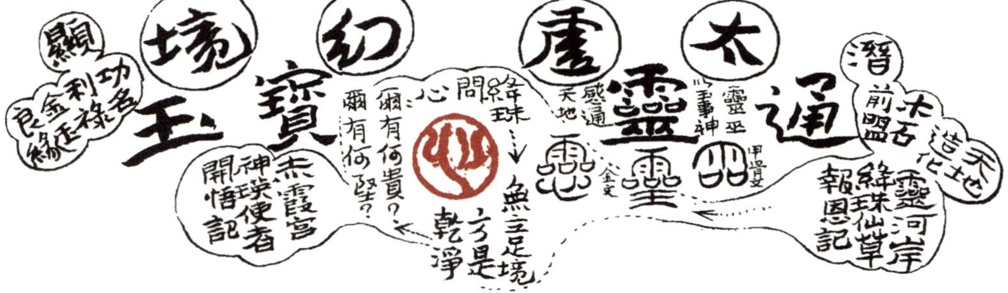

太虚幻境
通灵宝玉
造化天地
太石前朝
灵河岸绛珠仙草报恩记
赤霞宫神瑛使者开悟记
功名利禄金银良缘
心问绛珠
无立足境是方干净
天地感通

图档五　太虚幻境

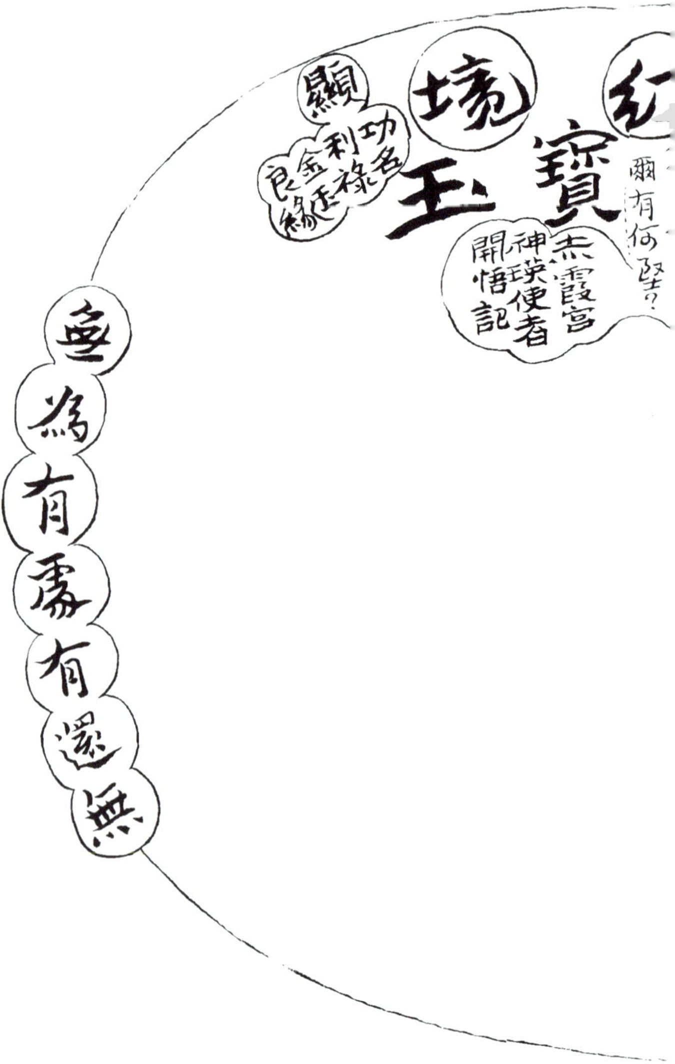

图档六 梦幻舞台

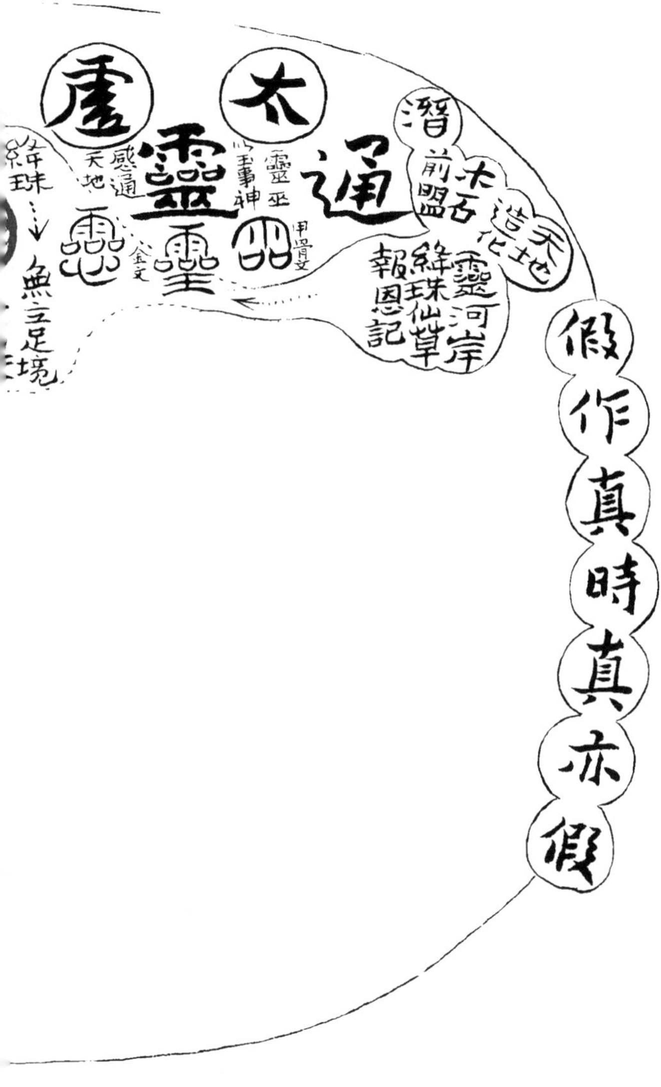

太
虛
潛
前盟
太古
造化天地
通
靈
靈巫
以玉事神
甲骨文
金文
感通天地
靈河岸
絳珠仙草
報恩記
絳珠
無立足境
假作真時真亦假

“零”的国度。

一个圆圈、零，代表了什么？据说当零出现的时候，各个文明都会产生震动，数学也产生震动。因为那是一个不得了的符号，它跟佛教“空性”的来源和说法是相通的。

印度宗教思考到“空性”抵达巅峰状态。我们一般的思考若非“有”即是“无”，可是空性是“既非有也非无，既是有也是无”，就如《心经》所谓：“色不异空，空不异色；色即是空，空即是色……是诸法空相，不生不灭不垢不净不增不减。”

佛家对空性的了解，使得我们更进一步界定了生命的现象：生明明是有的，可却是一个假有。这个不得了，我们从来没有想到我们的生命明明存在，却是一个魔术、一出戏剧、一场幻梦……

如此介于虚实之间，非常微妙的思考，就是一个 Mandala，一个“零”，一个“空性”，同时也包含了万有的领域；便正是佛家所谓的

“真空妙有”。

同时剧场的周围，立了两个非常庄严的舞台柱子，柱上对联说明了一切世间现象的本质：“假作真时真亦假，无为有处有还无。”

好，我们看下一张图档七 **梦幻剧场之外**。这个生命舞台外面就是宇宙大爆炸以前的状况：天地混沌，宇宙洪荒。且问：宇宙大爆炸以前，世界上有没有东西呢？它有一种不可捉摸的能量在活动，那就是茫茫大士和渺渺真人的世界。此能量创造出生命舞台上绚丽热闹的红楼大戏，待戏终幕落后，又将回归到子虚乌有的空性当中。

至于整个《红楼梦》剧本，是由空空道人，借着通灵宝玉的人世间经历，带进世界，又带出了世界，最后带到“悼红轩”（悼挽嫣红者，岂非正是怡红院公子）去，交给了曹雪芹。红楼故事整个结构便是这样。

这是舞台背后的事情，那旁边呢？两边上方就是汤显祖对人性情爱的说法：右上方是

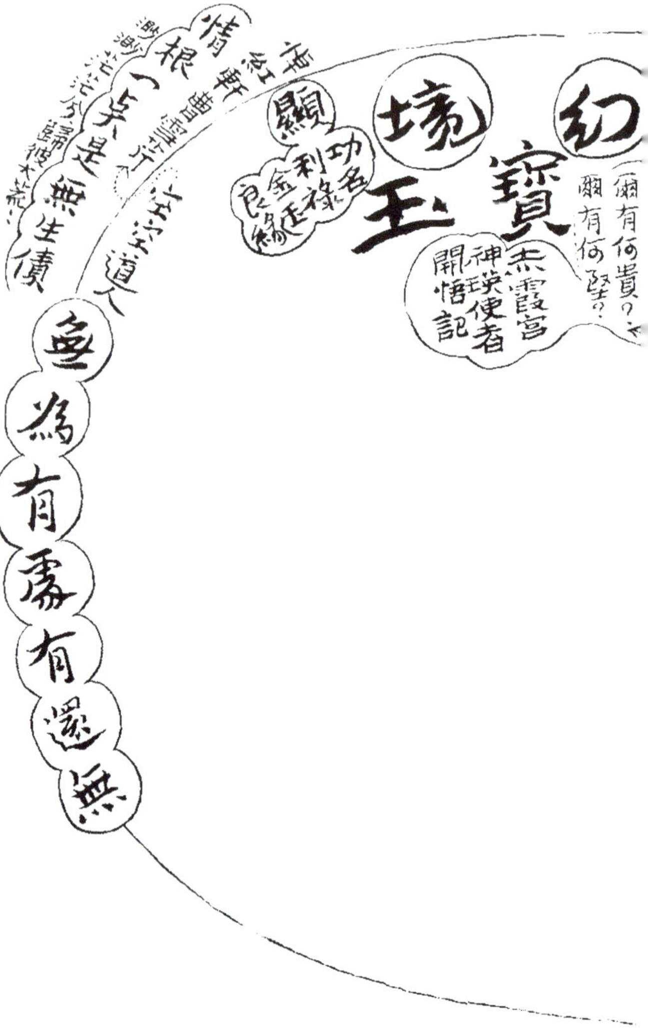

图档七　梦幻剧场之外

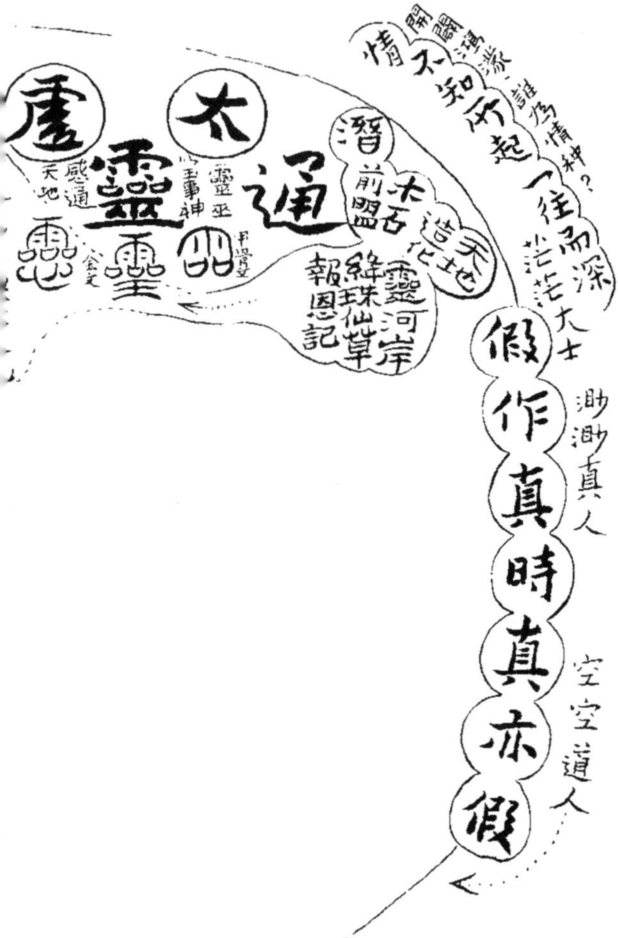

太
虛
靈
通
靈巫
以玉事神
甲骨文
感通
天地
金文
潛
前盟
木石
造化
天地
靈河岸
絳珠仙草
報恩記
情
不知所起
一往而深
開闢鴻濛
誰為情種？
茫茫大士
假作真時真亦假
渺渺真人
空空道人

“情不知所起，一往而深”，这个“情”字在《红楼梦》中就牵连到一堆情鬼的事情了。左上方呢，记写“情根一点，是无生债”。我们如何能够从这情根当中，了解到最后可以从孽海走向情（晴）天的通路。

下一张**图档八真与假**。好，从这个地方起，角色登场。角色姓名便即文字魔术。从“甄士隐”开始，真相被隐藏了——“真事隐”，这是第一个角色；然后“贾雨村”登场——就是“假语村言”，不过是乡下人随便编故事（所谓“满纸荒唐言”）而已。甄（真）士隐出现了，贾（假）雨村出现了，这个真假倒换的世界，就被引进整个贾府大观园的梦境舞台里面去。

我们再看。从《红楼梦》开卷第一回开始，出现了远离大观园舞台核心，宛如遥远处传来序曲般的情节。

话说甄士隐见到贾雨村是一个很热衷于功名、想要去赶考的读书人，蛮欣赏他；然而这位青年才俊缺乏盘缠去考试。甄士隐原是一个

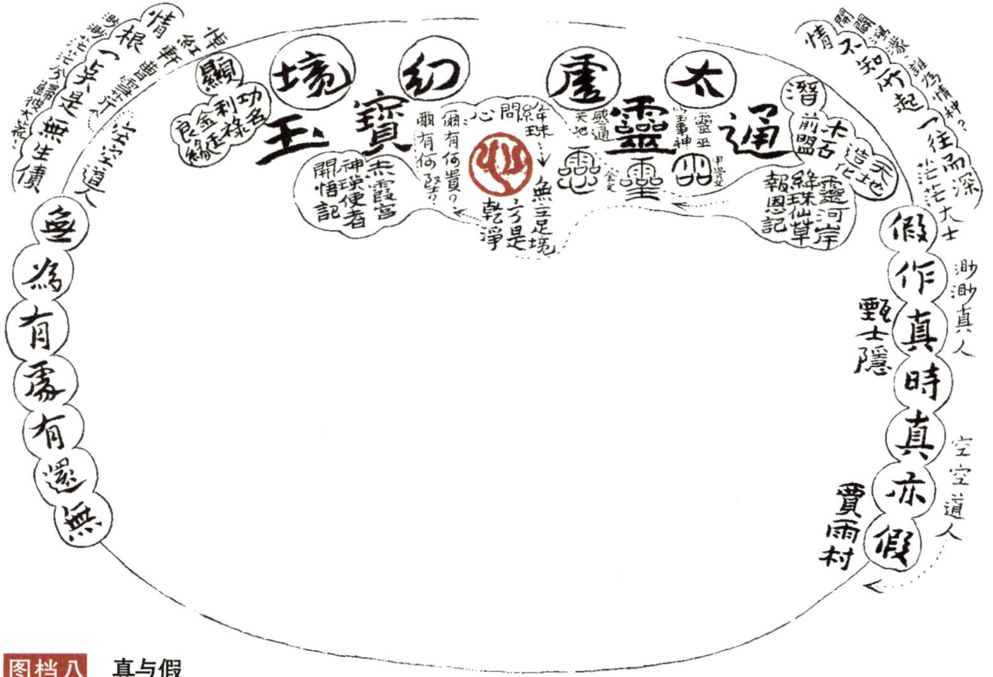

图档八　真与假

家道不错、心情淡泊的人，很慷慨地赠予贾雨村一包银子，让他可以有盘缠去应考。

图档九**显与潜**。我在此处分别为贾雨村和甄士隐两人注上“显”和“潜”两个字。

一个在心理学上属于显意识，贾雨村是一个现实世间人。他追求功名利禄，经历世间明显高低升沉的生涯。

那另外一个呢，甄士隐家道不错，本可以做一个过太平日子的员外；但世事无常，人生不如意十之八九。我们身边的事情何尝不是如此？

他年纪比较大了，才得了一个可爱的女儿（这个女儿等下我要大大地讲她，很重要）。他拥有掌上明珠，觉得生命美好。那日他抱女儿到外面去看风景，吹风晒太阳，逗逗小女儿。没想到在街上遇见一对疯疯癫癫的和尚和道士。要注意，那个癞头和尚见到这个叫作英莲的三岁小女儿竟然就哭了。

图档十**英莲登场**。癞头和尚道：“你抱着

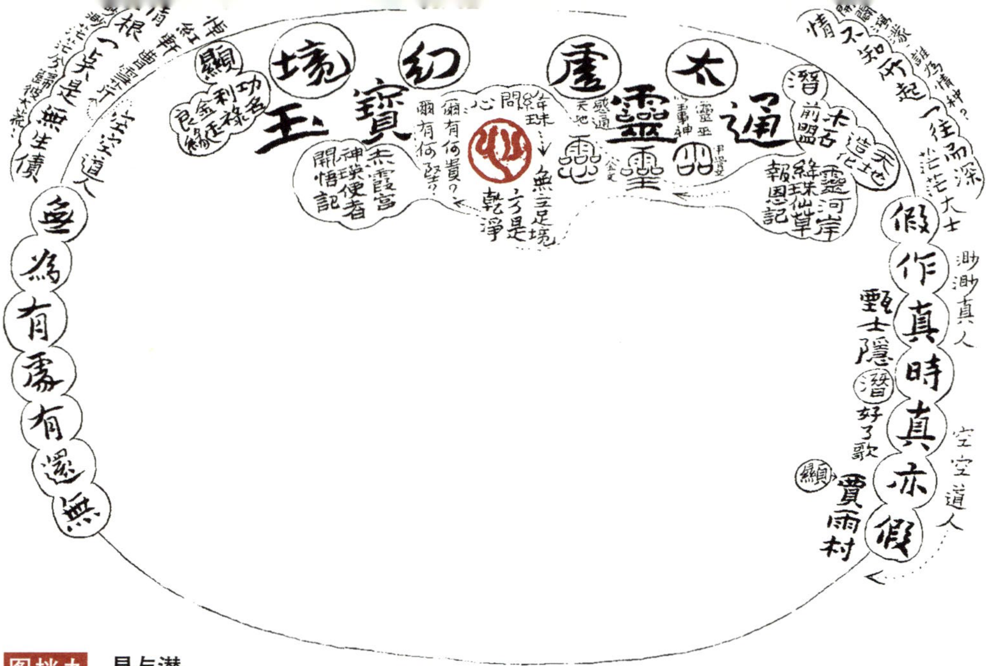

图档九 显与潜

这个有命无运、累及爹娘的孩子做什么呀？”又说：“不如舍了给我罢！”

话讲得很重，甄士隐听了当然觉得太怪了：这是疯子说疯话嘛！所以赶快就抱着女儿走了。

没想到过不多久，到了元宵佳节，家里有个名叫霍启（祸起）的家丁，抱了英莲去看社火花灯。他也没有恶意，就只是把小孩子放在人家门槛上坐着，自己去小解片刻，待他再回来，才发现英莲不见了。哇，被拐子拐走了，遍寻不着，吓得霍启自己也不敢回家见主人，逃往他乡去了。

英莲从此被拐子拐走，确实是一个有命无运、非常特殊的人物。因为她是整部《红楼梦》第一位登场的女性角色，不免要引起读者追问：作者写英莲的用意何在？

英莲走失，甄士隐家里本来已经够惨的了。可是祸不单行，甄家附近有一处叫作葫芦庙的所在，厨房里炒菜油烟起火，一条街

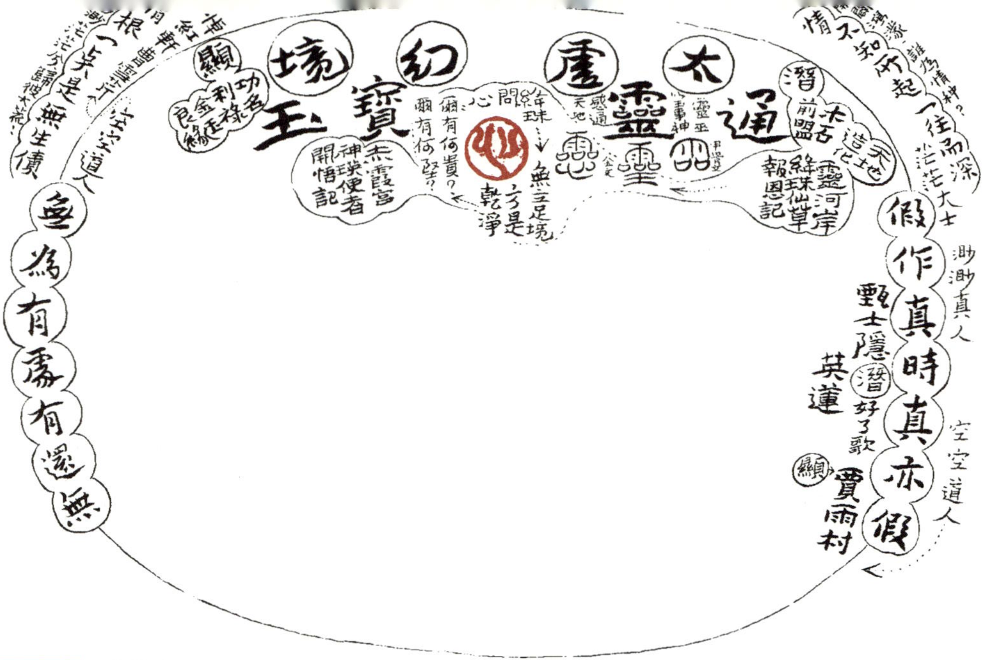

太虚幻境
通灵宝玉
假作真时真亦假
无为有处有还无
甄士隐
英莲
好了歌
贾雨村
渺渺真人
空空道人
茫茫大士
赤霞宫
神瑛侍者
绛珠仙草
灵河岸

图档十 英莲登场

立即烧得跟火焰山一样，甄家所有的家产就此荡然。

世上有没有这样的事啊？是有的。灾祸发生了，以后该怎么办？就连两老都没有办法活下去啊。幸亏甄士隐太太娘家在乡下有一点田产，所以就跑到乡下去暂时躲躲。可是因为你没钱、没势力了，岳丈家爱理你吗？会给你零用钱吗？看你讨厌不讨厌啊？愈看愈讨厌！

所以呢，甄士隐就现出一副贫病交迫、要下世的样子。正在快要没命的时候，那日他拄了拐杖挣扎到街上，眼前来了个疯狂落拓、麻鞋鹑衣的道士。那这回你注意，来的只是一个道士，而且是跛足的；是不是李铁拐？不晓得，他是跛足的。

来到眼前的这个道士吟唱《好了歌》，意思是说："万事若是要好，就是要了；若是不了，就是不好。"

《红楼梦》中的《好了歌》，以及甄士隐听完歌后所加的注解，写得非常之好，不只成了整部小说序曲，包裹了红楼贾府经历的繁华兴衰，更俯瞰一切人间世相，皆如一场场连绵上演的梦幻剧。

以前我年轻的时候读《红楼梦》，就觉得所谓“好了”，就是要把人情世事全都抛弃，你就可以清净、解脱了。现在活到老，我才明白原来一切事情要好，就是要“了解”啊。你要经历过了种种事情，才有可能渐渐超越世间现象（appearance），以智慧了解其中潜藏的真相（reality）。

如同《心经》中观自在菩萨的“观”，修这个“了”字，就是你能了解、能了结，对事物生起了了分明而又不了了之的智慧，这才叫作“好了”。如此，能观而得大自在，才叫作度一切苦厄的观自在菩萨。

甄士隐聆听《好了歌》如雷贯耳，立即回赠以诗词注解，表现出他的彻悟；然后就随道人一同翩然走了，这事迹成为地方上一段奇谈佳话，为大家所传说。这也就罢了，因为这就把甄士隐引度到茫茫人世，变成一个地仙——道家行走在人间的仙长。至于说到那一位元宵节失踪的小女孩英莲，就更有意思了。

我们且来看看这一位奇妙的角色——甄英莲。

自从一九八六年我为白先勇整理过“贾宝玉的俗缘”那篇演讲后，就意会到红楼中凡是姓名跟“莲”有关的角色，都不可以小看；从蒋玉菡（菡，佛家亦云莲）到柳湘莲，原来都与《红楼梦》中的佛缘结构相关。

关于英莲，一般注释都讲说因为她命太苦，“应该可怜”她，所以作者为她取名英莲。我说不然，所谓英莲是“应该化莲”才对。

这个“应该化莲”的外围角色，几乎没有多少读者会特别注意到她。她在冥冥中穿梭包围整座红楼舞台，成为照亮了舞台的光，可是你根本不会注意这个光是从哪里来的。

她长得美丽，从没有出过一句恶言；从悲剧中悄没声响地走过，并不引起他人的太多注意。

我们来看看在《红楼梦》诸多品评中，是脂砚斋提出了一种文学笔法的形容，我觉得非常好，叫作“草蛇灰线”。

所谓“草蛇灰线”，就是指蛇从茂密草丛里跑过去的时候，你是看不见它的；可是因为它刚刚才压过了茂草，多少你会看到一点点痕迹线索，就知道：哎唷，它从这里经过了。至于说到那“灰线”呢，就像是你拿了一根沾白灰的线去掸布料。以前裁缝师做衣服的时候，在布匹上掸灰线以方便剪裁。那个灰线很淡，轻轻再拍拂一下也就不见了。

“草蛇灰线”是了不起的文学手法。我们现在就来看一看，把英莲当作溜过草丛的草蛇，在图档上用虚线作为绕经整座《红楼梦》舞台的草蛇灰线踪迹。

图档十一**草蛇灰线说英莲**，或得以能辨别作者的特殊用心。现在看见这个以虚线代表的蛇跑过去了，待她再出现时已是第七回中：周

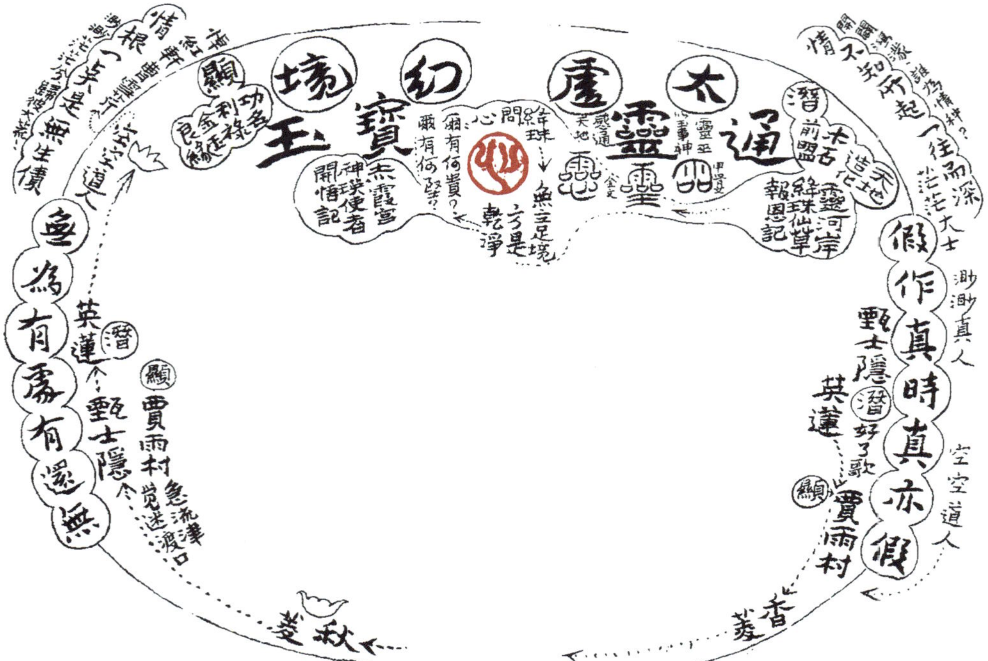
太虚幻境
通灵宝玉
假作真时真亦假
空空道人
渺渺真人
茫茫大士
甄士隐
贾雨村
英莲
好了歌
菱香
菱秋
急流津
觉迷渡口
赤霞宫
神瑛侍者
绛珠仙草
灵河岸
无为有处有还无

图桃十 草蛇灰线说英莲

瑞家眼中所看到的香菱。

无端由英莲成为香菱，其实隐藏了一段由他人转述的故事。当年被拐子拐去以后，被养到十三四岁的英莲出落得非常美丽，被一个冯公子看上，准备出价买了她去。冯公子性情不坏，也算知书达礼。香菱若被冯公子买去，本也可算是交了好运，过上好日子。

可是这个拐子很坏，他一女二卖，喝了酒以后把她又卖给了另一个人，卖给谁啊？便是卖给后来在红楼舞台登场的呆霸王薛蟠。

好了，薛蟠从拐子那儿见到英莲也觉得很好。薛蟠是男的女的都爱的，他看到这个喜欢立刻就买下来了，他有钱嘛。可是这一女二卖又怎么办呢？

等到冯公子要去接英莲的时候，呆霸王薛蟠居然率领家丁，把这个冯公子，可怜的文弱书生给打死了。本来英莲可以享有一点好命，可能做一个好人家太太的，可是却被呆霸王买回去变成丫鬟。丫鬟也等于是侍妾。这件打杀人命的官司闹到应天府衙门贾雨村处。

此时的贾雨村已经做官了。听说这个官司有人打死人，这还得了，立刻准备下令拘拿凶手。可是手下门子向他咬耳朵说：这个薛蟠不能抓，因为“丰年好大雪（薛）”的那个薛家，势力了不得。你若捉他，将来官宦的前途就都全完了。

你看贾雨村明明知道案涉英莲，原是大恩人甄士隐的女儿、掌上明珠，可是为了他自己的功名起见，不得不扭曲案情和判决，让薛蟠脱罪，并用钱摆平冯家的诉案。英莲从此变成跟随薛蟠的一个丫鬟兼侍妾。

英莲进了薛家以后，第一件事情是改名字。倒也可怜，以前大户人家里请了用人总喜欢说：我叫你这个名字，可好？于是就给她换了个名字。

是薛宝钗为她换了名字。于是从英莲变成香菱，她就格外的隐形了。她不再是“莲”了，她是“菱”。但注释《红楼梦》的人们仍然以为菱莲无异，菱就是莲，可菱可莲都是可怜。菱与莲同生一个池塘，菱的根潜下去是跟莲根连结在一起的（“根并荷花一茎香”——第五回）。

很有意思，香菱这尾“草蛇”就此潜入贾府，默默隐身于红男绿女、姹紫嫣红之间，便就是看不见的“灰线”了。

红楼剧场大戏发展到八十回，薛蟠又从外面弄来了一个夏金桂，这金桂大概相貌不错，不然不会娶来当正房老婆。个性泼辣的金桂看到香菱很讨厌，甚至觉得她名字取得不好。金桂说：这个菱哪里会有什么香味呢？怎么会叫作香菱，菱是不香的呀。

此时该听听香菱的说法，她说：世界上所有植物都有它自身香味，只要仔细体会，它们都是有香味的。

可是呢，金桂说“不通不通不通”，就给她改名“秋菱”。秋菱也好，她终究会变成秋天成熟的菱角。

等一下我们一定要来看看，秋菱是怎么从草蛇灰线的沉埋中发展成熟的；而整座《红楼梦》的舞台光，就快要现形、明亮起来了。

我们看下一个**图档十二草蛇灰线穿越水月篇**。这个段落，相关于英莲（香菱、秋菱）角色的明亮现身，我们可以称之为“水月篇”，而整部《红楼梦》也可以佛语“镜花水月”作象征。

话说第四十七回中呆霸王薛蟠居然敢调戏柳湘莲，结果被冷郎君柳湘莲诱拐到荒郊野外，揍了个鼻青脸肿狗吃屎。呆霸王一时无脸回贾府，就借一件做生意的机会，跑到异地去隐藏一段时间，等到鼻青脸肿好了再回家。

剧情发展到这里，香菱终于得到一线可以透气的空隙。由于薛蟠不在家，香菱被派去服侍宝钗。

很有意思的是，香菱搬进园子里，见贾府里面有诗社，都是姑娘们参加的，就想向宝钗请教如何作诗。在红楼角色中，宝钗相当于儒

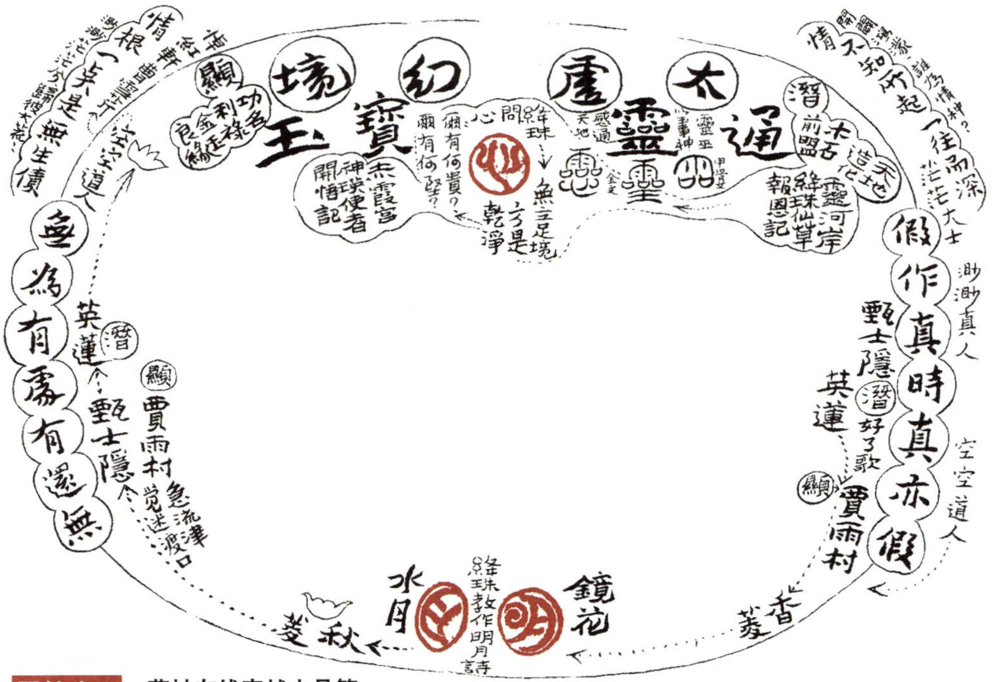

图档十二　草蛇灰线穿越水月篇

家走向腐朽、形式化的世界中的一员。虽然她读书多，也作一手好诗，但或不免心想：一个姑娘家干什么急着学作诗，不如缓一缓的好。没想到这一缓，竟凑合了香菱向黛玉学作诗的因缘。

这下子可不得了！要知道绛珠教英莲（香菱），英莲的特征是什么？她眉心有一颗米粒大的胭脂痣——红痣，这可是红豆遇上红豆，不得了！

说到这里，且把从四十八回到四十九回香菱学作诗的精彩段落暂时按下不表，先多费一点工夫讲这个红豆了，因为这里进入到不断延展、属于红的世界。

你看当初贾宝玉在做神瑛侍者时，便住在红色的赤霞宫中；而后在大观园里，他住的园子叫怡红院，而绛珠和胭脂痣都是触目鲜明的红色标识。乃至于第七十七回中，贾宝玉偷偷去探望被逐出园子而重病的晴雯，跟晴雯生死离别的时候，晴雯拼了命把一个红色的肚兜掏给他。这一连串的红，是《红楼梦》书本里潜在的生命力跟情爱的信仰。好，我现在想要探究从孽海升向情天、由小我私爱述及无限量大悲心之前，先做一点属于佛教概念的补充。

《红楼梦》神话架构中关于佛教的问题，可以溯及曹雪芹写作时代环境，以及他的家世。雍正、乾隆之际，北京有一座雍和宫，是属于藏传佛教的喇嘛寺院；这也是雍正即帝位以前的住宅。

藏传佛教于元代进入中土，在清代达到鼎盛。在这里我先倒过来讲《红楼梦》。谈一点有关印度佛教的基本礼节，或许对在座各位都很有意义。

整部《红楼梦》的结尾场景，对我来讲就是“落了片白茫茫大地真干净”。江边雪地，贾宝玉光头赤足，披大红猩猩毡斗篷，雪地里倒身伏地四拜。

从印度传统色彩学概念来看，红色由浅红、橙红到深红，代表了恋爱、热忱以及慈悲大爱的层次。贾宝玉的拜倒，在银白大地上，这伏地如血痕般的殷红就非常触目了。

最后别忘了，贾宝玉在拜后，还行了一个问讯礼。这个问讯如果是双掌合十问讯，也就包含了整个印度宗教思想内涵。合十礼通贯于婆罗门教、印度教、佛教乃至于一般世俗礼仪。发展到今天它甚至流行于全世界，可是人们未必都知道双掌当胸合十的意义。

这个手势就像一个花苞，或可以说：这朵花象征了人人都具有的、一朵心里的莲花。莲花品性高洁，出淤泥而不染。其花苞又与一般花蕾不同，当它还没有绽放前，它的种子——幼嫩莲蓬，就已经藏在里面了。待花落莲熟，就是本具佛性开显的时刻。请继续注意，此合十之莲的象征性，与英莲（应当化莲）角色的发展。

合十礼以双掌对合，作莲花花苞状，这很重要，此对立的合一叫作“不二法门”，超越了世间一切相对现象，达成和谐。

在印度习俗里，左手可以弄脏，碰触污秽的东西；右手必须保持干净，因为它是要抓食物用的。所以左手代表世俗、现实的世界，就或如同薛宝钗所赞同的那个功名利禄的现实世界；右手则代表超越自私的灵性世界，也可以说是一个大我，包含了心性的全体。

印度的合十礼中，以左、右手合掌，由世俗小我跟完整的心灵合一，就变成发自心里的一个问讯。问讯是什么？是我在问候你。印度人行合十礼，口说“Namaste”，其意义可以是：我心中的佛（神、灵性）向你心中的佛（神、灵性）问候。

谁是佛？如果在《法华经》里面，就有一位名叫常不轻的菩萨，见人便行礼，口说：“啊！我不敢轻慢你，你是佛啊，我尊敬你！”

如果你逢人便称他是佛，你是会挨揍的，人家会说你神经病，常不轻菩萨便就如此挨揍。那是《法华经》里的故事。

今天合十礼已经流行于世界。且让我现在

向大家合十说一声“Namaste——我心中的神（佛），向你心中的神（佛）致意”，这是一个连结。当我此时在讲堂上这样向你们大家合十致意的时候，我需要一一地去握你们的手吗？我需要像法国人一样一一去亲你们两颊吗？那如果我要亲吻你们全部，最后我只好昏过去了。可是我却可以只用一次的合十向你们全体致意问候就好，多么庄重又轻省。

而这个合十的双手放在什么位置呢？胸前。其实到了后期佛教瑜伽行派，胸前就代表了一处秘密所在、不可知的地方，那就是你的心轮。

礼敬的手按对象位阶升高，由心轮向上升，抵达喉部，便是可以发之为语言的口部。再升高，抵达眉心，便是“第三眼——天眼”，可以穿透幻象，观照真相的神通之眼。红楼剧场角色中，谁有天眼？再想想，香菱（英莲）眉心的那粒胭脂痣，不正是在说明天眼吗？

香菱承接了天眼，她是菩萨。当然，在小

说中她只是林黛玉（绛珠仙子）一念情动所牵连下凡的情鬼中的一个。而这一个情鬼无论在天眼特征还是性格上都接近于观世音菩萨，因为她真正进入到一个有命无运的人的身上，悄然完成了苦难中的度化。

你知道《妙法莲华经》中的《观世音菩萨普门品》里说到观世音菩萨（唐玄奘法师又将其译作观自在菩萨）度化一切众生苦厄的方法是什么吗？如果你是一个可怜的人、一个乞丐，菩萨不会变成大富翁来布施你，他会变成一个乞丐的身份，来救助你，让你从苦迫幽仄处得以翻转。

菩萨不是处身于高处来怜悯你，而是与你站在平等地位，以同情或可称之为同理心而加以济助。

譬如说当我灵感不来、画不出画来的时候，若有人出现，也处在画不出画的苦闷中，然后当他开始启发我的时候，他就是观音菩萨了。那么既然他已经变成我的样貌，那我又是谁呢？原来我就是我自己的观世音菩萨，我的心就翻转了。所以每个人都是在当下自在的“观”中，此处即观自在菩萨现身处，足以成为外在变幻万千现象的救度。

如此《红楼梦》中的香菱，可以以天眼进入人间最可怜（所谓“有命无运”）的处境，而不出一句怨言。

就佛学而言，如果你的业力如此，无法抗衡；如果你有命无运，就只得无运。可是有一项要义，是佛陀讲的。他说：你身体的苦，我没有办法帮你承受；可是我可以教你心不苦的要诀，所以你内在的心里苦不苦，可以由你自己主宰。

你的外在遭遇可能很倒霉，如秋菱般挨打或受斥责，你可能会悲痛、流泪，然而你的心却可以停止造作苦，甚至反而可能是平静的，这一点非常微妙。这个时候人但有一点点机会，就有选择权。

按照神学者看法，我的朋友、一位加拿大

神父曾经对我说："上帝发给你一副牌，怎么玩端看你自己。"香菱她会玩这副牌。她一看到薛蟠不在家，她就想去诗社，她央薛宝钗教她作诗，薛宝钗一时不肯教她，她就找黛玉。

这下子，当红豆遇上红豆，可不得了。你看黛玉平常是何等刁钻、不随和的人，一心但专注在爱情上而已；她怎么会这么大方，立刻与香菱一见如故，就教起她作诗来呢？从教如何读诗开始，而且一教再教。这出戏就此进入微妙处，而香菱（英莲）角色的潜质，也就借着诗文一句句迭现，化为照亮整座梦幻舞台的柔光。

我们现在来看第四十八回，黛玉教香菱读诗。这一回"慕雅女雅集苦吟诗"的段落，可说是曹雪芹文学巨著中的"诗论"，直可以编入教材中，供学子学习赏读、作诗。

黛玉对香菱说：那些杂七杂八的诗就不要读了，先读王维的诗；并且要她先读黛玉自己打上红圈圈的。王维，诗佛耶！黛玉一起手便教香菱入诗佛之诗，显然认出香菱有非常高的悟性。而香菱才只读到几个简单的句子，就已感动到不能自已。

她说：有些诗句中的字不知道是怎么用的，有口里说不出的意思。就像嘴巴里放了千斤重的橄榄，无法形容那个味道。这便也是超越一切现象以及文艺之美，进入生命真相之不可思议处了。

香菱特别举了王维《辋川闲居赠裴秀才迪》诗中的这一句："渡头余落日，墟里上孤烟"，见**图档十三王维诗句**。

你看她真的是有慧眼，她说：这个"余"字跟这个"上"字不晓得诗人是怎么想出来的。一般我们读到这首诗也都不会感觉得到，在如此平淡风景中，潜藏的人生况味；"余"与"上"两字，一个是向下潜沉、沦没的，一个是向上升华、超越的。

且听香菱道来，她说：我一读便唤醒心中记忆。她说：那一年我们坐船上京来，停泊在

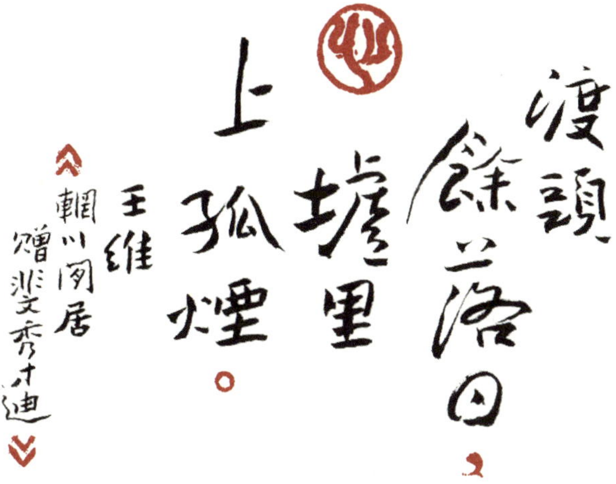

图档十三　王维诗句

一个渡头上。那里很荒凉，只有几棵孤树而已。天已经快要黑了，可是远远地可以看到几户人家冒出炊烟，碧青的炊烟升上天去……

香菱以诗境追忆往昔，令我觉得很感动，同时也让我想起一些过去读过的心理学著作。

淡雅的诗句有涵天盖地的宽容，能够点染出其实可能是愁惨的情境。譬如一位身世飘零、可怜的被买去的丫头，黄昏时分可能还饿着肚子，行船到了陌生渡头，也没有地方可供投宿，眼前只有几棵枯树，前不着村后不着店，可是远远地看到有人家煮晚餐的炊烟袅袅上升，好像是食物，好像是生命的召唤……

借着这份感动，我们来看**图档十四弗洛伊德、荣格、弗兰克尔**：百年来的三位西方心理学家。

佛法的心理学长达两千五百年，西方成立心理学才一百多年。但我们还是可以注意，现代心理学如何用现代语汇启开心灵重重深入的层次，带给我们崭新的启发。

图档十四 A　［奥］西格蒙德 · 弗洛伊德

Sigmund Freud，1856—1939

第一位，弗洛伊德于十九世纪中叶开启了近代心理学。他说人受性心理的潜在影响非常大，所以非常重视性心理学；其实，我们《红楼梦》中纠葛缠绵的情爱也是。

他提出“潜意识”的概念，就像是在指涉《红楼梦》神话架构中“孽海情天”、孽海当中潜在的东西。

关于人类不可测知的那么广大的本能，也即宇宙心灵的本能，弗洛伊德只是轻轻地碰触

图档十四 B ［瑞士］卡尔·荣格

Carl Jung，1875—1961

其浅层而已。就譬如你小时候如果无辜被父亲打了一记耳光，其羞辱会在心中留下深刻印记，虽然事情早已过去，痛苦早已消失，但是日后遇到类似的情境，这情绪还会浮现，左右你的行为。这潜在心里的情结就叫作“潜意识”。

弗洛伊德有一个学生，本来非常崇拜他，就是荣格。比弗洛伊德晚生二十年，荣格发展出了一个新词汇，希望大家注意一下。

荣格开始觉得潜意识绝对没有这么简单，

绝对不仅仅是个人受挫或是某些影响造成的，潜意识底下有更深的层次，生命亿万年演化、奋斗求存的所有经验都潜藏在这里面，叫作“集体潜意识”。荣格认为一个民族的文明如果没有办法跟集体潜意识沟通，那这个文明非常浅薄，非常危险，会变成恶魔式的文明。

人活着却不能了解我们的本能，甚至也不能了解“情”是什么。这就好像好莱坞的梦工厂可以无休止地拍摄八万四千部爱情电影，每当演到爱情发作的时候并没有理由可以讲，只有这样发作了，没有别的法子。

可是中国人，如汤显祖，会追问，何以“情不知其所起”？又如何借着情的牵引去领悟无限深广心性大海（孽海）的奥秘?

荣格讲，唯有依赖梦与神话可以有办法让你进入集体潜意识深处。而《红楼梦》作者也在第一回开场中特别提醒读者要注意“梦”这个字；同时也运用绵密多重的神话结构包裹了整部文学作品。

图档十四 C ［奥］维克多 · 弗兰克尔

Viktor Frankl，1905—1997

第三位心理学家，《红楼梦》里的香菱让我想到创造“意义疗法”的维克多·弗兰克尔，这个人又晚生三十年，所以在近代心理学上又有新的推展，于他，我心有戚戚焉。

弗兰克尔出生于维也纳，一个不是很有钱的犹太家庭。他奋斗求学成为医生。不幸时逢第二次世界大战，纳粹党徒把他和他所有亲戚抓起来，送进集中营。一直等到出集中营的时候，他才知道他的妻子和父母亲全都死在里面。

至于他为什么能够活下来，可能是因为他是医生，在集中营里还有点用处的关系。

战后从集中营出来的他有很大的觉悟。集中营的凄惨生涯让他对心理学有更深的洞见。这洞见不限于潜意识或集体潜意识，而是他看到人如何在极限状态，仍能坚持对生命意义的追寻。

他举了一个例子，当时集中营的状况龌龊惨淡，里面囚禁着许多原本有钱、有地位的犹太家庭，他们在里面却过着乞丐罪犯也不如的生活。

一天黄昏，弗兰克尔走过营房，看到一位他认识的少女，她曾经是富家女子。弗兰克尔见她孤身坐在营房外的墙角地上，便踅过去跟她说上几句话。黄昏时分，那女孩对他说出让他一生难忘的话。那女孩说："感谢命运，如果不是这么凄惨的遭遇，使我脱离过去养尊处优的生活，我怎么能够体会到这么壮丽的大自然。"因为她就在命运局促困厄到了极点的时候，看到落日的辉煌，因而满心都是对大自然和生命奇迹的感恩。

这位犹太少女的感悟，便也类似于香菱之感动于“渡头余落日，墟里上孤烟”诗句场景。

从集中营经验，弗兰克尔得到很大的启发，他创造出心理学的“意义疗法”。也即无论如何，在生命里，不管上帝发什么牌给你，你都可以找出自己存在的意义和价值。

举例来说。有一个年老的鳏夫来找他进行心理治疗，这位先生说他跟太太相爱一辈子，但自从太太去世后，他觉得完全无法活下去。

怎么办呢？太太已经死了，没有人可以让她活转回来。弗兰克尔想了想，然后说：“你很爱她，对吧？她也很爱你，是吧？如果是在这样你们互相相爱的情况下，你觉得谁先死比较好？”

老先生闻言后呆了，沉默许久后答道：“我明白了，还是她先死比较好。”

原来，在潜意识底下藏有一个神秘的东西

叫作 spirit——灵性（别忘了《红楼梦》里的主角戴了“通灵宝玉”）。就在生物演进而产生的潜意识之海中有类似宗教所谓的“灵”潜伏，那就是你可以找到生命意义的地方；那 spirit unconscious——灵性潜意识，它不可知，但却是属灵的。这个东西很了不起，可以让人“行到水穷处，坐看云起时”（王维《终南别业》），找到生命的真谛。

心理学开展到这里，或可以用来检视《红楼梦》中香菱角色的处境。

让我们回到《红楼梦》第四十八回至第四十九回，香菱在大观园里学作诗的情节。话说香菱作出第一首诗，大家批评觉得不够好。于是她又作第二首，大家又来批评这、批评那……园子里青春正盛，除了一个少男，都是姑娘们七嘴八舌的各种讲法。香菱就像中了魔一样，除了诗以外，不注意其他事物，完全沉湎在文艺热情中，最后作出这首大家都赞赏了的诗。**图档十五香菱作明月诗**：

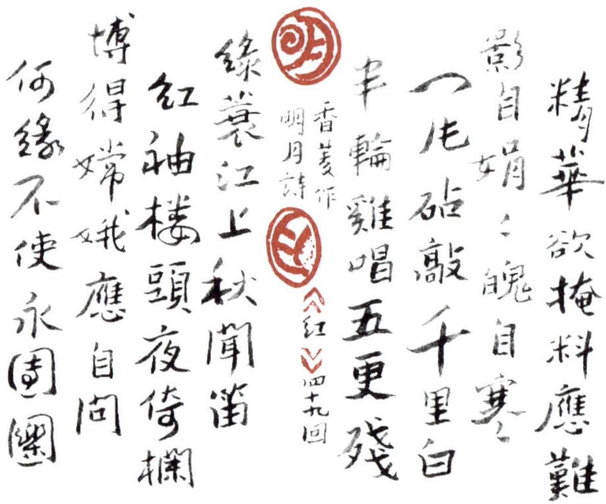
精華欲掩料應難
影自娟娟魄自寒
一片砧敲千里白
半輪雞唱五更殘
綠蓑江上秋聞笛
紅袖樓頭夜倚欄
博得嫦娥應自問
何緣不使永團圓
香菱作明月詩
《紅》四十九回

图档十五　香菱作明月诗

精华欲掩料应难，影自娟娟魄自寒。
一片砧敲千里白，半轮鸡唱五更残。
绿蓑江上秋闻笛，红袖楼头夜倚栏。
博得嫦娥应自问，何缘不使永团圆。

我觉得这是整出《红楼梦》大戏的舞台光，便就是明月之光。“精华欲掩料应难，影自娟娟魄自寒”，这种心性的光辉，灵魂的精华，不是热情和占有，而是一种清凉的、情与美的抚慰；虽然一时可能受到云雾遮掩，终究不会长久被障碍。

关于月之象征，等一下我会多讲一些。久居美国的老友先勇曾跟我笑说：美国人是不懂月亮的，美国人只会脱得赤精大条地晒太阳，月光从来只有他一个人在看。

确实明月跟中国诗人有特别的缘分，就像香菱诗中第三、四句，她把明月光带入世间风景。晚上不睡觉，深夜在江边洗衣服的妇人，她们拿木棒打击浸水衣物，借以清净一切污秽。

静夜里敲打的声音，本身就是一片莹白，一片洁净："一片砧敲千里白，半轮鸡唱五更残。"

月色西斜，渐渐明月就要西沉。此处的诗意，令人追忆起盛唐张若虚的《春江花月夜》长诗的末尾："不知乘月几人归，落月摇情满江树。"

各位如果爱好文学，请千万不要忘了反复重读张若虚的《春江花月夜》，虽然整首诗没有一句讲佛，但就是在说佛的境界、生命的境界。很长的一首诗，美极了。《红楼梦》第四十九回香菱的《明月诗》可以说是《春江花月夜》的缩写版，透露出一份千古的天问，即如张若虚所感叹的叠句追询："江畔何人初见月？江月何年初照人？……不知江月待何人？……"如此清凉美好的光照，它到底在等待哪个有灵性和觉照的人？

香菱则说到"半轮鸡唱五更残"，就在天快亮的时候，江上还有来往过客。如同《春江花月夜》里的诗句："谁家今夜扁舟子？何处相思明月楼？可怜楼上月徘徊，应照离人妆镜台……"这是迢遥千里的人情相应与见证，回荡在纯净月色中。至于香菱诗中则道出"绿蓑江上秋闻笛"——听到遥远舟子的笛声；然后是"红袖楼头夜倚栏"，世上有多少的林黛玉在那边睡不着觉？

香菱《明月诗》的完成，固然有赖于黛玉的悉心传授，但"红豆（绛珠）教红豆（朱砂痣）"，眉心有天眼的香菱岂非妙笔写出了黛玉的身姿心事？

人家问说："林黛玉你睡得好吗？"她回答："一年能睡得好的日子，几天而已。""难怪你身体病成这样。"你们要小心，多睡点觉，别像林黛玉"红袖楼头夜倚栏"。

香菱《明月诗》的最后两句，是向有情众生全体的祝愿。这也预告了我要在最后向大家虔诚地祝福。

香菱诗云"博得嫦娥应自问"——如果你

一个人形单影只，要到哪里求相应，如何了解情的深意，到何处去得见证？所以说“博得嫦娥应自问，何缘不使永团圆”？

这是能够从相对界来见证合一，变成真空妙有、不二法门的最高的真理，那就是团圆——大圆满，也就是一个曼陀罗——心的本质。

我们看下一张**图档十六华严偈句**，是《华严经》中将菩萨比作明月的四句偈文：

菩萨清凉月，游于毕竟空；
众生心水净，菩提影现中。

这就要回来看我们的佛教了，要记得《华严经》这经名，因为等一下会牵连到武则天，她是中国唯一被公认的女皇帝，毁誉参半，我想在由父权主导的社会传统中，必然有很多男性试图攻击她，甚至说她秽乱宫廷等。

可是事实上她是一个政绩卓然的皇帝。在

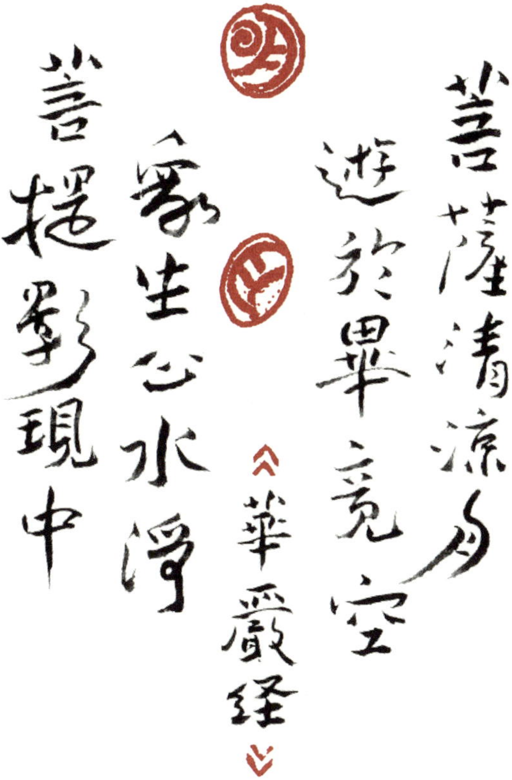

图档十六 华严偈句

文化上，她笃信佛教，整部《八十华严》巨著的翻译便是她倡导、督造的。等一下我会多讲一点武则天，因为她牵连到《红楼梦》第五回提及“武则天当日镜室中设的宝镜”之事，也牵连此书另一别名《风月宝鉴》之探讨，很有意思。

这里《华严经》出名的四句偈，包含了整个东方人对明月的认识。明月，就是我们真正秘密清净的心性，所谓“菩萨清凉月，游于毕竟空”。菩萨在这个世界化身千万，垂迹示现；譬如香菱（英莲），你不要以为她有命无运，过着凄惨的生活，她其实是来游戏人间，是来照应、启发你们的。这就是“菩萨清凉月，游于毕竟空”。

我曾示范双掌合十如莲，行印度式问讯礼道“Namaste”——我说我心中的佛向你心中的佛致意。而人人心中本具的佛性就像你心中有一碗水一样，虽然各个盛水器皿形状不同，但水性相同。

《华严经》四句偈的后两句道："众生心水净，菩提影现中。"所以众生如你的这碗水，如果一天到晚很热情地搅它，不断地追求，不断地搅动，心水就会像黄河水般混浊一片，甚至会冒泡泡，迸炸开来。可是只要你有止有观，心沉静下来，从定生慧的时候，月亮就出来了，而"千江有水千江月"，同样皎洁的明月，可以机会均等地映现在每一个众生的心水器皿中。

那个月亮代表的是什么呢？它是"菩提"。菩提又是什么呢？有人说它是智慧。智慧是聪明吗？对不起，它不是。智慧发自慈悲。当你有大悲心的时候，你才可能懂得什么是智慧。如是"悲智双运"，便是穿云破雾、"游于毕竟空"的"菩萨清凉月"了。

好，这是唐代的佛教名句，那接下来，宋代继承唐代，也是盛大的佛学时代。且让我们再读一首宋代黄庭坚的《澄心亭颂》（**图档十七《澄心亭颂》**），这就是中国人的佛学了。

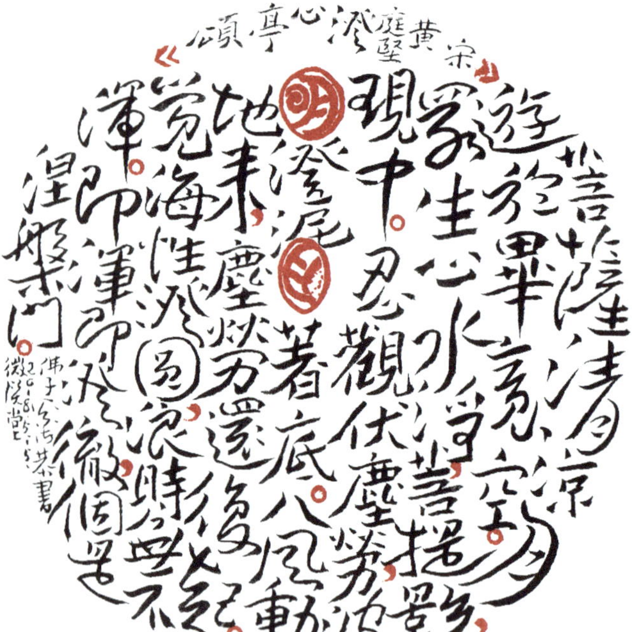

图档十七 《澄心亭颂》

澄心亭颂

菩萨清凉月，游于毕竟空。
众生心水净，菩提影现中。
忍观伏尘劳，波澄泥著底。
八风动地来，尘劳还复起。
觉海性澄圆，浪时无不浑。
即浑即澄彻，个是涅槃门。

诗题《澄心亭颂》，是对心情波澜起伏乃至宁静的譬喻。是不是亭子外面真的有一个湖倒不一定，如果心澄静下来，你就在澄心亭里。于是诗人在澄心亭里首先复述他最爱的《华严经》四句偈：“菩萨清凉月，游于毕竟空；众生心水净，菩提影现中。”

《澄心亭颂》后半段共八句，是我们若修持佛法必须不断学习的法门。且让我们从“忍观伏尘劳”说起：忍、忍、忍！我们现在人最大的问题就是不懂得忍，也不能忍。因为在今日广告营销泛滥的资本主义社会潮流中，我们被训练成格外崇拜我们的感官；只要有什么事情触动、拎起我们，我们就立刻跟着感觉走。

我们不太知道若要是修菩萨行，在六度万行中第一重要的就是忍。有忍，“戒定慧”中的“定”字才会出现；有定，你才会看见你自己；这也就是一个安止的“止”字。

在禅修中，你甚至会想要把自己绑起来，说：我要忍一下；努力于打坐也就是如此。忍是很微妙的，譬如说明明我火都已经冲到脑门上来了，我得告诉自己说：我是一个学佛的人，我不可以发脾气。这个时候能帮助我安忍的法门在哪里呢？可能是打坐、观呼吸，或者是专心持咒、念佛号。

我告诉你，这简单的修定、修安忍，足以改变你的人生。前面分明说火已经烧到脑门子上了，专心数呼吸五分钟后，你回头看说：我在生气。“我看到我在生气”——不得了，修行的关键出现了。然后你就可以想：我气了，会怎样？少气一点，会怎样？不气了，会怎样？就在这个关键当中，就是佛家讲的你的业力或是大观园中所有情鬼都环伺在你的身边。只要触弄你一下，那个宝玉就要得失心疯了你知道吗？

这些情鬼，这些丫头们，不晓得她们心里在想什么？你怎么帮她们忙都不行，贾宝玉在女儿国里所担的苦、受的罪是说不清的。

业力固然是不容逃避、不能主宰的，但在安忍中，你开始有了选择权。也就是刚才所说过的：上帝发给你这副牌，你会玩了。

你就开始“忍、观、伏、尘劳”。你看一杯水，刚才是浊的，我现在去打坐五分钟，再回头看它，已经澄清一半了。如果打坐一节课、四十分钟，它上面全是清水，可以喝了。

这就是我们的心，我们的心就是水。所以说“忍观伏尘劳，波澄泥著底”。如果你的止、你的安忍可以到达那个地步，所有这些尘劳，所有这些世界上的红尘滚滚，一切霾害，也都可以沉淀下来。

下面的诗句更精彩了，这也要继续学习。别以为我这样忍观就好了，你说事情忍过了，我现在很好了，我修得很棒；对不起，你不懂得心性的本质、潜在的本能或可说业力，是远远超过你所能估量的。

它既然是湖，自然是要起波浪的；也如同大海，起波涛就是它的天性，你哪有办法去约束它？所以等到“八风（利、衰；誉、毁；称、讥；苦、乐）动地来”的时候，“尘劳（六道轮回）还复起”，波涛又袭来了；我以为这些事情已经过了，可是麻烦又来了。我们不都是在过这样的生活吗？

可是这个时候，因为你对禅修有了经验，就能够了解《澄心亭颂》后段的结语。你的心性之海——觉海，这个海的性质是“澄圆”的；本质上就是澄清、圆满的——“觉海性澄圆，浪时无不浑”。

即使它在浊浪滔滔的情况下，并无碍于它原本澄净的性质。我们原来就有一颗清净的佛心藏在我们的六根觉受底下，所以“即浑即澄彻”，就在混浊当中，它就是澄澈的。“烦恼即菩提”，这便是中国佛法发展到最巅峰的状态，也就是密宗心性学最奥妙的内涵。

可是我们不能乱学，要明白“无烦恼不成菩提”，一项项慢慢来转化烦恼，借假修真，所以“个是涅槃门”。我们看下一段。

▌白先勇：

等一下，我把奚淞再拉回大观园来。他讲大观园里有两个人是最重要的，一个是薛宝钗，一个是林黛玉。我想她们代表了《红楼梦》的两个世界。

他刚刚讲到薛宝钗不想教香菱作诗，其实薛宝钗自己很会作诗的。她们开设海棠诗社，第一次作海棠诗的时候她得冠军。为什么给她呢？是李纨给她的。为什么是冠军呢？因为她处的社会是儒家的社会，是儒家价值观下的宗法社会。薛宝钗的诗有儒家教育的修养，就像孔子的诗，是用来教化你的。宝姑娘完全属于儒家系统、理性的世界。

《红楼梦》有两重世界。一个是感性的世界，一个是理性的世界，两者是平衡的。

宝玉身上的一块玉，是他的图腾；而宝钗是一把金锁，一把大金锁，说明了她最后要扛起败落后贾府的辛酸。整个儒家的担子在她身上，她要扛起来。

黛玉呢，她没有玉，她不需要玉，她本身就是一块玉。而且是至珍至贵的黛玉，黑色的。对不对？

所以她们所代表的两个世界，黛玉是诗的化身，“冷月葬诗魂”嘛，她就是诗魂，就是大观园里面诗的世界的灵魂。

黛玉这一回教香菱的时候，是大观园里诗意最盎然的时候，也是大观园“灵”最高的时候。后来大观园慢慢衰退，慢慢被玷污了。黛玉教香菱作诗，出现了一轮明月，刚刚讲的，美国人的确不大懂得欣赏的明月。《红楼梦》里的明月好像很重要，不止这首香菱作的诗，凡是明月出现，或是中秋夜的时候，都非常重要。明月也是一个象征，不要忘了《红楼梦》是一本象征主义的小说。

我们都被作者所描写的现实世界迷惑，因为他的写实功夫太好了，把人物写得太像了，把任何一切吃的穿的写得太逼真了，于是读者被他的现实世界引诱、锁在里面了。刚刚奚淞讲的，我们要跳出来观看，其实现实背后有好深、好深的东西。

还有一点，我要稍微提出来：奚淞讲的三个心理学家，都是研究人类潜意识的。这三个里面，我最感兴趣的是荣格提出的“集体潜意识”。我想我们整个民族有一个集体的潜意识，会一直溯及古老的神话世界。荣格研究神话，而且他对东方神秘主义非常有研究。他认为民族神话往往就是一个民族整个潜意识的投射。

曹雪芹写《红楼梦》是集大成的人，不光

是在文学上，而且是在整体文化上。中国儒、道、释三家分合流布，发展到清朝乾隆时代，文明可以说是到顶了，而曹雪芹就是一个集大成者。

我想曹雪芹写《红楼梦》的时候，他不会想要刻意写神话、写象征，他本人身上已经集合了传统渗透到他潜意识里面的诸多元素。所以到他写出来的时候，已经充分反映了我们民族宗教的、文学的、文化的整个人生。

很高兴奚淞把现代的心理学提出来。《红楼梦》不光是一部十八世纪的小说，它是超越的、没有时代限制的，是我们整个民族传统的集体潜意识的浮现。我要特别对这点加以补充。

▌奚淞：

所以我们注意，当四十九回香菱学诗写成《明月诗》时，这个明月就是照亮整座红楼梦幻剧场的舞台光，而这光也就是照亮了黛玉

“诗魂”的光。

刚才先勇说得好，《红楼梦》确实是一本象征主义的杰作。那种朦胧幽微，却足以普照世界的光线，也提示了小说中每每出现月亮都带有重要寓意。特别是到了第七十六回，描写贾府中秋夜宴，月至中天，清光彻照，贾母在凸碧堂说：“如此好月，不可不闻笛。”

就在听笛时，黛玉偕湘云走下山坡，两人在凹晶馆池边联诗作戏。此时黛玉吟出“冷月葬诗魂”诗句。一语成谶，道破自身命运。

从七十六回全章描写，回顾四十九回香菱所作之《明月诗》句，若合符节，岂非如同黛玉揽镜与香菱对面相望，剖心以对？

说到照亮梦幻人生的光，我想到二十世纪三十年代的大明星白光。

我和先勇两人都是白光迷。这位三十年代的明星，嗓音低沉的“一代妖姬”白光，你们年轻人大概不认识。白光二十多年前来台湾，到台湾高雄“蓝宝石”歌厅演唱，甫出场一声

“我爱夜，我爱夜，更爱皓月高挂的秋夜……”一曲《秋夜》，仿佛时光倒流，全场听众为之起立致敬。

她也带给我关于佛理的启发。譬如说有人问她：“白姐儿，你本名叫作史永芬，为什么取艺名叫作白光？”她说：“我去拍电影嘛，我想，那电影不就是投在银幕上的一道白光吗？我就是那道白光。”她这话，倒恰好说中了心性的本质啊。

我们去看电影时，全神贯注于银幕上变动的剧情，一时为之哭，一时为之笑；我们没有注意到原来那只是光的魔术，只是白光透照一格一格的胶卷底片所投射出来的幻象而已。

有一回，我居然有机会见到白光本人了。朋友带白光和颜良龙伉俪到我家小坐。我逮着机会，就问她：“白姐儿，我好喜欢你的电影。为什么你演《血染海棠红》能把坏女人演得那么好？”

“呦，哪有什么坏女人呐？”白光瞪大眼

看我，笑说，“我只是自自然然地去演她罢了。”

哇。这下子，我近距离看到了大明星白光本人，才看出她高挑双眉的大脸，原来是个敦煌菩萨相貌，也明白了她演的电影为什么好看。因为她在揣摩世间角色时，并不预作善恶评价，而是用非常自然、随缘而无我的方式投入表演。这份包容心，投射在战乱苦难的世代里，显得格外宽大。

白光个性率真，受人喜爱。记者问她：“白姐儿，你已经离开影坛那么久了，为什么大家还会喜欢你？”白光坦坦然道：“人家喜欢我，是因为我喜欢人家。”

真好，这果然是菩萨。在这里呢，我觉得英莲（也就是香菱）虽然是那么一个不惹人注意的角色，她也是苦海慈航的应身菩萨；你看不见她，她却默默照亮了你。她就成了这一出梦幻剧的舞台光。

图档十八 **草蛇灰线说菱复归于莲**，循着围绕剧场一圈、由右方英莲名下引生的虚线“草蛇灰线”及箭头指向，我们可以看到英莲改名香菱，直到舞台中央“镜花水月”处“绛珠教作明月诗”，象征性的菩萨柔光照亮全台，然后虚线和箭头往左回转，香菱又改了名字——秋菱，这名字代表了她最后的受苦，受金桂折磨的苦。

但看第八十回，呆霸王娶回来的金桂，脾气自私泼辣，处处看香菱不顺眼。金桂对香菱冷笑说：“菱角花开，谁见香来？你有什么香味啊？以后你就叫秋菱好了。”不只如此，日后金桂还想把她害死。

结果金桂作法自毙，自己死掉了。秋菱呢，被扶正，然后便在书中消失了，果真是“草蛇灰线”。且看到一百二十回，整出梦幻剧结局中“菱”如何复归成“莲”罢。

无论如何，我们知道秋菱代表了生命的成熟。这是什么？这是相对，是合一，是不二法门；中间是一颗心。我觉得菱角的形状很美。她就从成熟的秋菱里得到跟世界真正的相应和

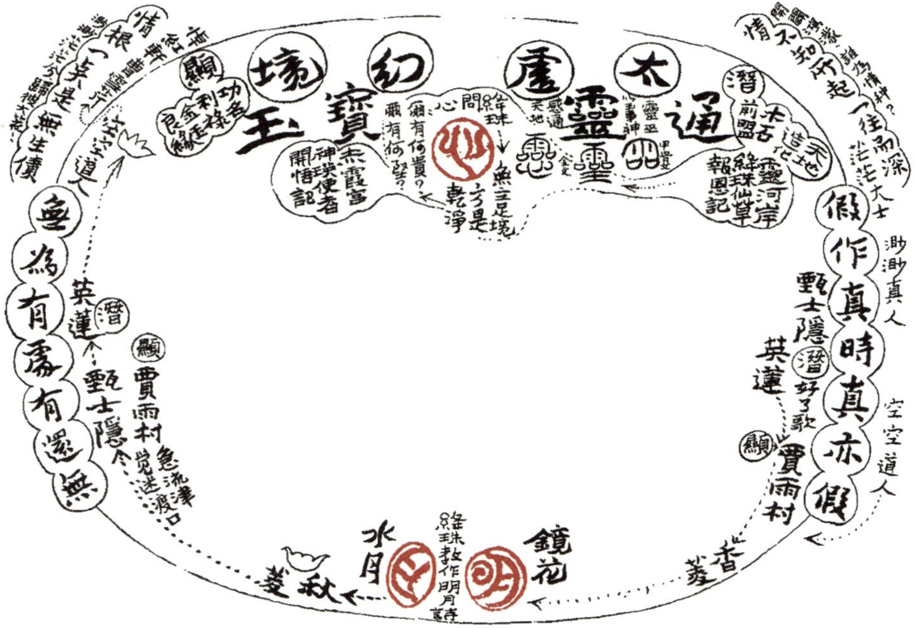

图档十八 草蛇灰线说菱复归于莲

连结，并且向你问候。

我觉得最有意思的是，从英莲（应当化莲）到香菱（内蕴芬芳）到秋菱（结成果实），她是最早现身，也是最后淡出舞台的女性角色，却如同草蛇灰线，沿这个小说走了一大圈，走到最后甄士隐跟贾雨村、“真”跟“假”又碰到一起去的所在；而秋菱至此也又恢复了本名——英莲。

到了第一百二十回终场的幕落前，贾雨村已经在人世幻海中起伏多回，他做了一些贪赃枉法的事，也做了一些好事。总而言之，轮回起落，宦海浮沉。最后，他居然来到了名叫“急流津觉迷渡口”的地点。

佛陀说：人的生命便如同瀑布般的急流。我们的身体本身就是一个急流，知道吗？我们身体六十兆个细胞全体的生灭代谢和赓续，我们生命的运作在宇宙当中是一个急流……在这个急流当中，你可以从幻梦中苏醒过来的地方，是在这里——急流津觉迷渡口。

两人相见，明明是仇敌——贾雨村应该是甄士隐世俗上的仇人，因为是他徇情枉法的判决，才使得英莲一生受了那么多苦。

如此甄（真）贾（假）重逢，我们或说“相逢一笑泯恩仇”，然而此处连一笑都不需要。清风明月，非常平淡，沧桑世事亦如同家常闲话。非常的好了、好了、好了——还记得《好了歌》的那首序曲吗？在这结尾真个是：了了分明，却又可以不了了之。

甄士隐已经变成了道教地上的神仙。所以贾雨村对他说：“仙长啊，你觉得一切世事如何？”

甄士隐说：“我不过是来了一件俗缘而已。”

“什么俗缘呢？”

“我的小女英莲，她已经难产而死，留下遗腹子。现在她尘缘已经脱尽，公案已经了结，我就接引她回太虚幻境去销案。”

整部《红楼梦》，最初亮相的女性角色，

也正是在落幕前最后退场的英莲。所以这一大圈由英莲隐秘造就的“草蛇灰线”，把红楼的梦幻舞台围成了一个真空妙有的曼陀罗。

好，我们看图档十九**五则剧目**：石头记、金陵十二钗、风月宝鉴、情僧录、红楼梦。

东方古老经典，特别是佛经，一个题目往往代表了它全部的涵义。《红楼梦》展开没多久，才第一回的开头，已经提出了五个题目。这就是告诉你，应该从五个切入点来看红楼。所以在这座梦幻舞台上张贴了五张剧目。我们先来看看第一则剧名：“石头记”。

本来，整部《红楼梦》就只是记录在通灵宝玉——一块顽石上的故事而已。

这里要注意，为什么是“女儿国”的故事？这里边藏了一个秘密：从旧石器时代开始，到新石器时代晚期，我们的祖先其实是活在一个原始母系的社会当中。

在婚姻制度未立前，难以确立父亲角色。从很深的潜在本能当中发作情欲而渴望繁殖，

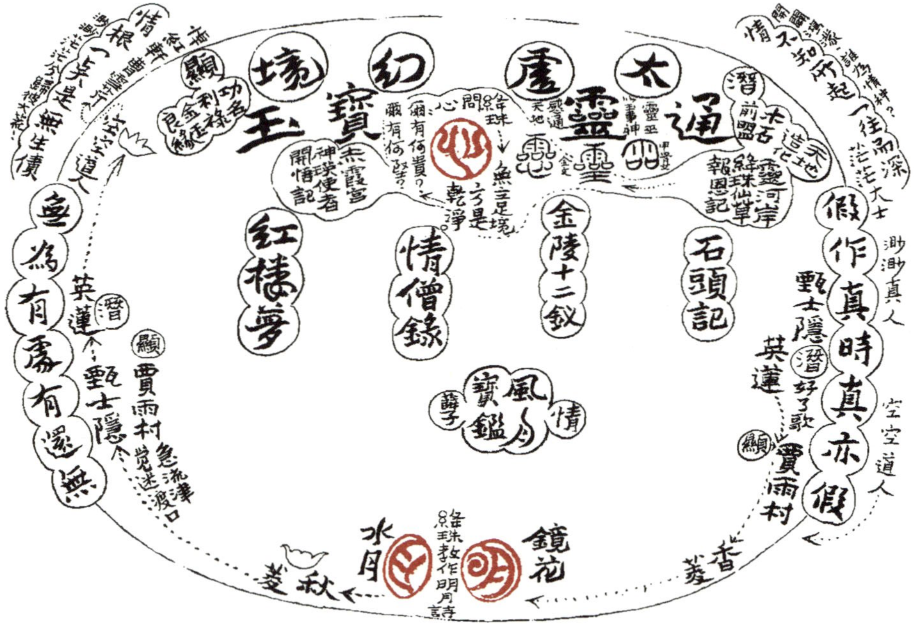
太虛幻境
通靈寶玉
紅樓夢
情僧錄
金陵十二釵
石頭記
風月寶鑑
假作真時真亦假
無為有處有還無
鏡花
水月
甄士隱
賈雨村
英蓮
香菱
空空道人
渺渺真人
好了歌

图档十九　五则剧目

并能够抚育子女的，唯有女性。母亲必须要把小孩照顾到成人，而父亲早就不知道跑到哪里去了。在史前石器时代的母系社会中，没有文字，是口耳传承神话的时代，在中国创世神话中，便流传着女娲造人及炼石补天的故事。

我们且看下面系列，图档二十**女娲造人、男神战祸、女娲补天**等。

人类是女娲用泥土一个一个造出来，捏塑之余，她又希望可以造得快一点，甚至拿树藤在沼泽里鞭打、鞭打、鞭打，所有飞起来的泥斑、泥块，都变成了人。

作为众生之母，女娲当然是自己的子女自己爱。可是我们要知道，如果试图了解神话源头，这人面蛇身的女娲可能是古老华夏母系部族最后的图腾。

所以我们姓氏的“姓”字，就是“女·生”；暗藏古代人们只认得母亲、不认得父亲的初民母系社会状况。

我们所记得、有文字的历史，其实早已进

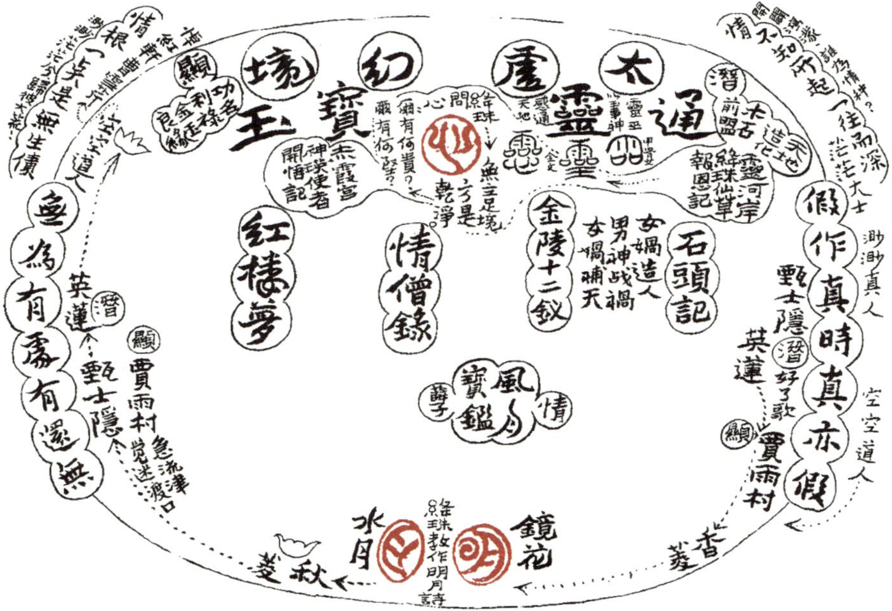

图档二十　女娲造人、男神战祸、女娲补天

入父系的威权时代。所以当武则天出来做皇帝的时候，很多人都很不满意，因为男人不高兴，这话题待会儿再说。

女娲造人的创世神话，见图档二十 A，接继下来便是男神打架、斗争称雄的故事，见图档二十 B。

慢慢地从母系走向父系社会，乃是在新石器时代末期，因为畜牧、农业的发明，人类开始有了财产的累积，财产多起来的时候，男人的力气比较大，可以蛮干一下：嘿，这些个全拿来，都是我的，不错！

渐渐地，女人躲开一点，再躲开一点，待在家里乖乖的。

所以男神就现身了，表现出他们战争跟掠夺的性格。这特质一直到今天也还是很明显。要占有、要掠夺、要称霸，这一直是灵长类男性的问题。所以四大就不和，风不调，雨不顺。四大都是有神的，在那无历史，唯有神话的时代，水神跟火神为争霸权就打起来了，水神共

图档二十 A　女娲造人

图档二十 B　水火之争

工跟火神祝融打得难分难解，最后水神共工被打败了。

男人不能败，被打败的男人你知道是怎样的，怒火中烧，恨意不能发泄。于是水神共工一头撞上不周山，见图档二十 C。不周山是当时神话国度的四大天柱之一，要有天柱把世界撑起，我们才有碧蓝的青天。

共工怒触不周山，天柱倒塌了一根，可怎么办？大地之母女娲为了维护她的子女，必须把这个被破坏的世界重新修补起来，见图档二十 D。请在座的女生以后好好努力，现代也还得靠你们把这世界补起来。所以女娲就收集了三万六千五百块石头，用火烧炼得碧青碧青的去补天。累死人。

可是事实上，她补得还不算完美，因此天倾西北，地陷东南。所以一江春水向东流，便是地陷东南的关系；至于那日月星辰往西走，是天倾西北的关系。

工作完毕，女娲累坏了，倒在地上。神话

图档二十 C　水神共工怒触不周山

图档二十 D　女娲补天

的结尾说明一个母系图腾部族的没落与衰微。但女娲虽然倒地，却没有死。我告诉你，她现在还活着。是真的，不骗你，神话永远活着。女娲若不活，这个神话就不是真的。真的神话永远活在我们当中，等下你们会看到。

她倒下去的时候，虽然人面蛇身的身体消失了，可是据说还有“女娲之肠”，她的心肠没有死，化作十个神人。古书记载，世间有十个神仙是她的化身；女娲永远用她的心肠去护卫名叫“广黍之野”的大地。黍就是小米，整个养育初民的小米田是女娲在护卫。

这片大地上，当然少不了那一块石头，就是青埂峰下那个没用得上补天、没用的家伙。这块石头——通灵宝玉，彷徨世间，他在寻找女儿国，就是女娲的那个母系社会，那个属灵的世界，也就是属于人类潜意识、本能的世界。这是贾宝玉的任务。

我们再看下一张图档，为什么《红楼梦》是女儿国呢？我想恐怕很多外国读者读得莫名其妙，我认识的一个读者就说：哎呀，贾宝玉好讨厌喔，见一个，爱一个，拈花惹草。

事实上宝玉正是一个见到女人就觉得高兴，见到男人就觉得浊臭的一个人。

事实上也正是有一个女娲原型母系社会下降，变成潜藏于民间的力量，而此时男性上升，演化成父系社会。这段父系历史也不过才数千年而已，而古老的母系社会可能占石器时代几万年之久。见图档二十一**潜入民间的母系社会**。

要是追溯的话，那数千年演变成的男性主宰的父系社会，到今天战争还没打完。父系变成显象的社会，而母系则隐身，潜入民间底层。

二十世纪九十年代，我与伙伴去陕北进行民俗田野调查的时候，还分明感受到了当地的“母体文化”。

黄土高原山沟窑洞区里有女巫，有独特的母系传承遗风。

我跑进窑洞里访问老大娘。穿蓝布棉袍的大娘坐在炕上。我说：你可不可以教我做剪

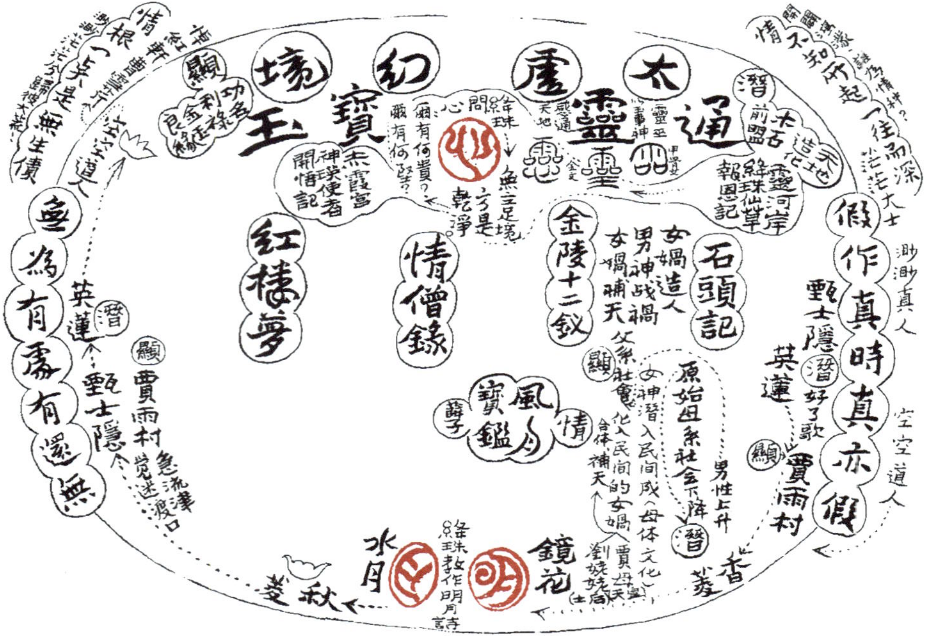

图样二十 潜入民间的母系社会

纸啊？她说：你是个男子，跑来跟我学这个做啥？我这个是教给女子的。禁不住我的哀求，老大娘才教了一点点。她不大高兴。这是母系传承。

陕北流传说，要娶妻子，不必娶貌美的，要娶一个手巧的。因为貌美一下子就过去了，而心灵手巧的一生受用不尽。真的，在陕北那样一个赤贫的地方，窑洞里面，她只要拿一把大剪刀，拿几片红纸，就剪出一堆窗花壁饰，逢年过节热热闹闹。

剪纸、刺绣、做面花，什么东西都是母亲教女儿的。而且当母亲教做某些图形时，会特别嘱咐：做这个图形你要小心，绝不能够更动它，如果更动它一点点，会烂手指。为什么？根据民俗专家研究，图形，譬如特别的虎面或龙形，可能是来自远古母系社会的图腾标识。

大陆的专家说，如果当地做考古挖掘，往地底下挖，挖到那段史前地层的时候，会找到那个与母系传承相同的图形。也就是说，经过几千年，母系传承可以把他们民族早已消失的图腾，如活化石般留存到今天。这就是活着的神话了。

所以母系社会的复活，就要靠你们在座众位女生了。

我们读《红楼梦》不免惊讶于贾母跟刘姥姥一见如故。刘姥姥何等人物，她真的是从民间活蹦出来的，那种天生的机智和灵活，却又坦率赤诚，真是有意思。

第四十一回中，贾母带刘姥姥一伙人游园，一路进到妙玉的屋子里去。见到贾母，妙玉当然非常恭敬，要给贾母先泡茶。妙玉亲自捧金龙献寿茶盘，上面放一个成窑五彩小盖碗，向贾母献茶，并说明：这是“老君眉”。贾母接了问：这是什么水？妙玉答：是去年收的雨水。贾母饮了半盏，就笑着递给刘姥姥说：你也尝尝。刘姥姥一口饮尽说：嗯，好是好，就是淡了些，再熬浓些便好了。说着，大家都笑起来。在这一段贾母与刘姥姥分饮一杯茶的描写里，把高贵的贾母与村野的刘姥姥完全放在平等地位来观照，是有作者特别用心的。

那个性高洁，不愿沾一分俗气的妙玉转身跑到后房，另外煮茶招待宝玉、黛玉这些人去了。同时，她对服侍的道婆说：等会儿那成窑的茶杯就别收了，丢到外面去，不要了。当然，这是因为刘姥姥喝过了，妙玉嫌肮脏。由此，也就带出红楼角色日后的清浊浮沉命运。

我觉得第四十一回中，刘姥姥与贾母中间的那种泯除身份差距，而莫逆于心的表现，涉及了民族古老的母系传承和创世神话。

且看第三十三回述及“不肖种种大承笞挞”，因为琪官及金钏儿事件，宝玉惨被父亲抡大杖往死里打，此际谁也救他不下来。这时从窗外传来颤巍巍的呵斥声：“先打死我，再打死他，就干净了！”这紧急中赶来、于虎口中救出宝玉的便是平日众丫鬟服侍的贾母。她为爱孙不惜披发拼命，展现出母神般不可思议的威风。

后来，你也会发现，贾府被抄家的时候，《红楼梦》发展到第一〇七回，平日养尊处优的贾母突然踊身而起，她要救整个贾府的那种悲愿，与她尽散私房所有金银积攒以救度家人，那份魄力和能量的发作，完全就是神话中女娲补天的能量。当场贾政等人看到母亲这样做，俱都哭着跪下来。

到后来，你看在一一三回里，平日争强好胜的凤姐儿面临家败病危的惨境，是谁把她女儿巧姐救走的？又是一个母系传承——刘姥姥临危救孤，把巧姐带到乡下，在乡土里继续培育一个崭新的女儿。此处的刘姥姥也就是大地之母的象征了。

若把神话中的女娲一分为二，化为中国神话人物，贾母可说是“皇天”，刘姥姥则是“后土”。

此外再说一点：中国的文明为什么这么强大？是因为高层的这个阳春白雪的世界，跟底下草根的下里巴人世界一直在轮转。每当高层文明熟烂、坍塌下去的时候，草根性的民俗文化，就又升腾起来了。

就譬如说在大观园里面，他们吃的东西都精致到不行，惹得乡下来的板儿看了到处淌口水，而刘姥姥看到盘中食物就只有瞪大眼发痴的份儿。

众人夹了一筷子东西说：姥姥你尝尝看这是什么东西？她就依言尝了。嚼了又嚼，说不出话来，不知道吃的是什么。那傻相，惹得大家都笑了。

“这是茄子。”众人解释了贾府大费周章的烹饪法。

茄子？哎呀，茄子怎么是这个味道呢？刘姥姥惊呼：要用多少多少只鸡？要经过多少多少道烹调？要怎样操弄手法？

刘姥姥说：哎呀阿弥陀佛，我的妈！那我现在倒要再尝尝看，嗯，果然好像有一点茄子的味儿。

这地方就说明了文明发展精致、高雅到一

定程度，就连茄子都失掉茄子味道的时候，它就要面临失去意义的溃败了。

于是重新要回到贾母对刘姥姥所说：我多喜欢你这田野里新摘来的瓜、豆、菜蔬，这些青翠新鲜的东西！就是那些个最乡土的东西，真是令人爱死啊，因为生命力就在那里。

这种高雅与乡土文明不断地升沉、上下翻转，轮回。我说一端是“皇天”，一端是“后土”；一个是去支撑显象文明的，一个是隐形藏在乡土民间的，一次又一次继续轮回生发。即使在今天中国的民间还可以看见。我想或许可以请先勇多解说一些。

▌白先勇：

我来补充一下，奚淞刚刚这个想法，我觉得非常好。关于《红楼梦》贾母跟刘姥姥这一对，把两个人说成“皇天”“后土”，等于是女娲的化身，两个化身。

我想奚淞刚刚讲的这个母系社会，难怪贾宝玉说：女人是水做的。水是灵，代表灵性；男人是土做的，代表现实社会。大观园是母系的，所以是灵的社会。

这两个老太太，我觉得刘姥姥像什么？土地婆。我们的土地婆，人间有难了，她就化现出来救人。你看看，所以她是个土地婆。她也把土地的生命，带进大观园；她把茄子啊、豇豆啊……这些生命带到大观园去。

所以第四十回“史太君两宴大观园，金鸳鸯三宣牙牌令”，这是大观园里面最盛的时候，大观园里面一片笑声。刘姥姥说：“老刘，老刘，食量大如牛！吃个老母猪不抬头。”她们就笑得不得了。那一场是《红楼梦》写得最好的，我没看过写得那么热闹，黛玉笑得岔了气，宝玉滚到贾母怀里，每个人笑得七颠八倒。这是刘姥姥把真正的生命，带进了这个被禁闭的贵族之家。

所以必须要让贾母和刘姥姥两个老太婆合

喝一杯茶。两个老太婆变成了 buddy，如刚才奚淞所说。

刚好两个老太太在最后贾府被抄家以后，分别表演出很动人的戏剧。贾母祈祷老天：让所有的罪降到我身上，不要来惩罚我的子孙。那一段八十岁的老太太贾母，跪着向天祈祷，我想刚刚讲的就是“皇天”。然后当巧姐有难，要被她的舅舅卖给人做妾的时候，刘姥姥就出现，一下子把她给救走了。土地婆来了，救走了。在《红楼梦》里面，的确是这两个人带领了女儿国。两个老太太在某种程度上都是领袖。

奚淞刚刚讲的“茄鲞”，王熙凤说明要怎么炒、怎么做，刘姥姥就出来了，她说：我的佛祖，这要多少只鸡呀？

一个文明发展到最精致时，其实是危险的。如乾隆时代，文明工艺发展到了极致，你看像当时如景泰蓝那些器物，都已经是不能够再发展的东西。发展到极致就往下坡走。

我说《红楼梦》在某种意义上，是一首史

诗式的挽歌。哀挽什么？哀挽我们整个文明即将崩溃。曹雪芹是一个了不得的艺术家，这个作家有一种第六感。就在贾府最盛、吃茄鲞的时候，也就预告了贾府要被抄家。

我们的文明能够在那个时代产生《红楼梦》也不是偶然。是我们的文明到了顶，烂熟烂熟了，就像那些茄鲞一样，要用多少只鸡来炖的时候，我们说 overrefined，太精致了。常常一个文明太精致的时候，就会被野蛮民族侵略、毁坏。我们那时代太精致了，十九世纪以来就被一大群野蛮民族如八国联军等入侵了。中华文明，那么古老、精致的文明，就被一群野蛮人一下子扫荡掉。我想《红楼梦》里面已经预告了这一切。

至于奚淞提出这个母系社会，是《红楼梦》很重要的架构。不了解这个，以为在写一群女人，一群婆婆妈妈的琐事。有些人看《红楼梦》不耐烦，因为太多女人在里面，他不知道这是关于一个女人国、母系社会的重现。我想经过奚淞这么一讲，我们就可以想通了。

▌奚淞：

不过我要再补充一句：女性，不只是指女人而已。有的男人也是女性，有的女性也是男人。就好像贾宝玉说：明明是女人，结了婚以后，混浊起来像个男人。

或者最后到了第一一五回，很有趣的是当贾宝玉见到甄宝玉的时候，两个人惺惺相惜，互相恭维了几句后，甄宝玉恭维，说世兄风度清净文雅，等等，宝玉听了就心里觉得有点奇怪，心想怎么拿我当女孩儿看待。甄宝玉又对他讲说：我们到了这个年龄，也应该收收心，要好好读书赢得功名利禄才对。贾宝玉听了就不高兴了。

其实贾宝玉是颇富女性情操的，如果要以戏剧方式找扮演贾宝玉的演员，不能找一个雄赳赳的少年来演。像七七年版的邵氏电影《金玉良缘红楼梦》中，让林青霞来反串贾宝玉倒还不错。

至于第一一五回中，贾宝玉讨厌甄宝玉的理由说明白了就是：甄宝玉只晓得谈功名利禄，没有讲到“明心见性”。这是整本书里唯一提到“明心见性”之处，却也标出了全书暗藏的主旨。

回顾《红楼梦》的神话序曲，绛珠仙草对神瑛侍者的报恩行动不光只是还泪，把你哭得死去活来，给你抛红豆，她还要给你一步紧似一步的命运撞击，一直到你连立足地都没有的时候，让你看清生命真相，超越于心境，看到心性本质，抵达“明心见性”的无上开悟，这才是神话中报恩的情节，与世俗报恩的状况大异其趣。

好，我们来看下一个剧目图档二十二**金陵十二钗**。

在全书开宗明义第一回中，据说是悼红轩（此际的红，是悼挽青春的红）中的曹雪芹，

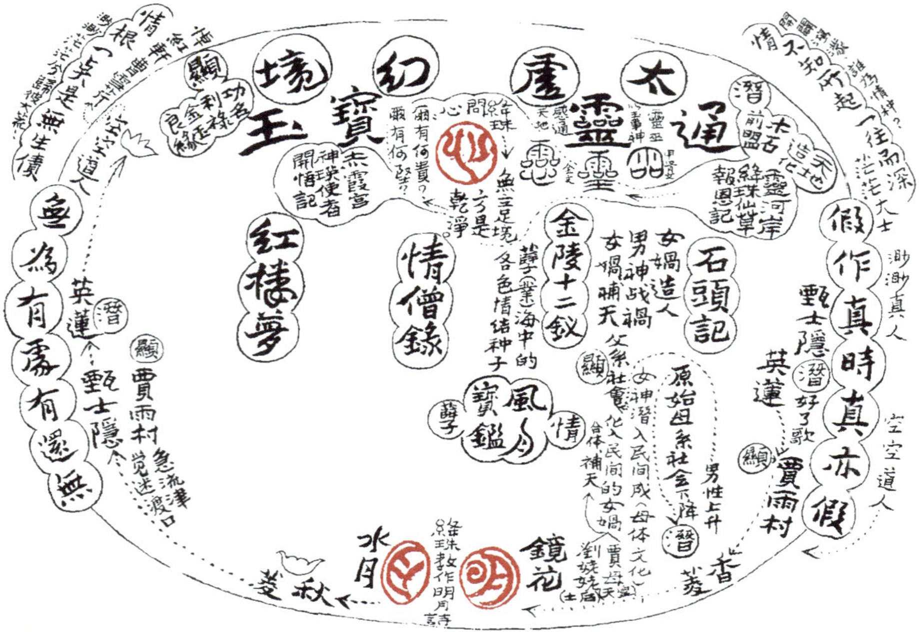
太虚幻境
通灵宝玉
石頭記
情僧錄
紅樓夢
金陵十二釵
風月寶鑑
假作真時真亦假
無為有處有還無
甄士隱
賈雨村
英蓮
香菱
鏡花
水月
空空道人
渺渺真人
女娲造人
男神战禍
女娲補天
原始母系社会
男性上升
好了歌
赤霞宫神瑛使者
功名利祿金玉良緣
絳珠仙草
靈河岸
開闢鴻蒙誰為情種

图档二十二　金陵十二钗

把空空道人给他的这个《红楼梦》的抄本，披阅十年、删改五度，然后一一分了章节以后才完成的，如此他就又为书题了一个名字叫作“金陵十二钗”。

按照先勇的说法，作者以折子戏的方式完成全书回目以后，把这重要女性角色编成了“金陵十二钗”正副册。

在第五回“贾宝玉神游太虚境，警幻仙曲演红楼梦”中，警幻仙子让宝玉在梦境品尝“千红一窟（哭）”之茶，饮“万艳同杯（悲）”之酒，并且为他演出“红楼十二支”的歌舞剧，相当于为全书的女子命运做出预告。

若说第一回中甄士隐与贾雨村结识，由“真”“假”相遇带出《好了歌》情节，是为一切人世沧桑写成大序，第五回的梦中歌舞，便是收缩视界，进入大观园，为“金陵十二钗”正副册中众女子的悲欢离合作了第二重的序曲。

以现代科学、心理学及佛学的眼光来检视

“金陵十二钗”，我们看到的是什么？

就是在DNA生物基因及佛家所谓业力之海当中，潜伏于宇宙的百分之九十五的暗物质跟暗能量中，不可说明的某些生命习性，佛教说是躲在你身体里睡觉的东西，叫作“随眠”。于唯识学中，则称之为业力种子，或即《红楼梦》中所谓情种和孽海。

《红楼梦》神话“太虚幻境”里，孽海当中随时准备要发动的一堆堆情结——荣格的心理学中谈论了许多，就是有这种情结、那种情结，等等。其实这个“十二金钗”，就是一组一组的业力和情结习性的组合，牵引出整部悲金悼玉的《红楼梦》。

我们现在看**图档二十三女人是水做的**和**图档二十三AB《老子》《那先比丘经》**。

宝玉云：女人是水做的骨肉。

这个呢，就是说来到这个“女儿国”，女性的世界。且让我们看看，为什么女人是水做的？会不会是一种原始的本能，就像当我们看

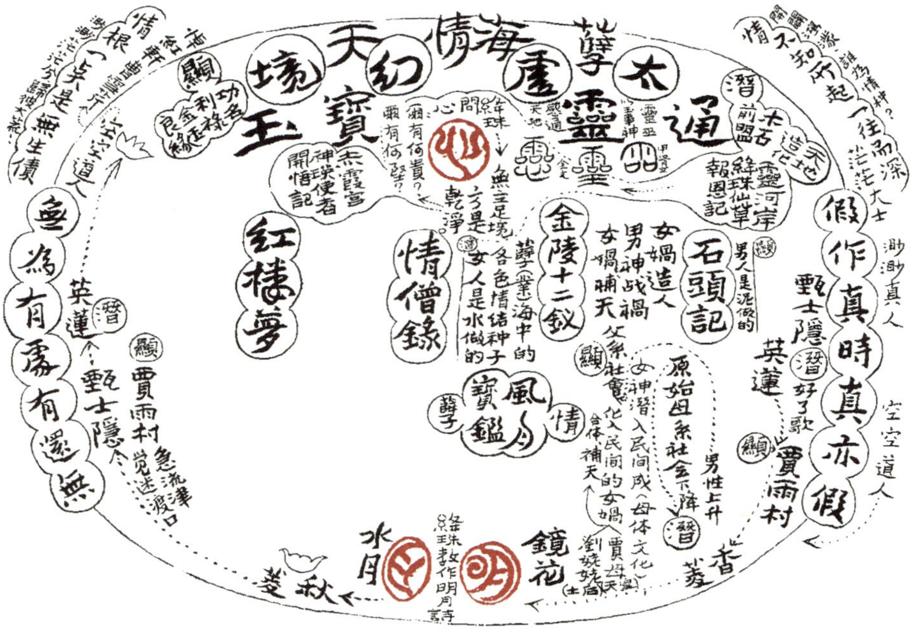

图档二十三　女人是水做的

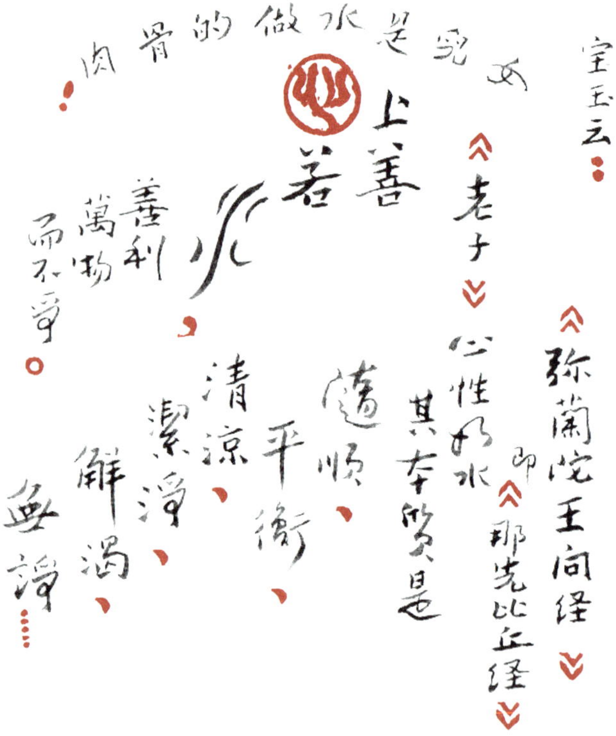

图档二十三 AB 《老子》《那先比丘经》

到海洋的时候，就会不自觉倾向于那海，因为那是一切生命的始源，我们的故乡。

古人是这样讲的，老子说："上善若水，水善利万物而不争。"它的那种柔和跟随顺，确实是女性的母性本能。你看不管小孩怎么哭、怎么闹、怎么调皮，母亲永远还会把他像小猴子一样抱在身上。

这个有意思，早期佛典《那先比丘经》中以水形容心性本质。佛去世几百年后，在西北印度有一个希腊人成立的国家。一位名叫那先的佛教比丘向希腊裔国王弥兰陀一世说法。那先比丘说："心性如水，其本质是随顺、平衡、清凉、洁净、解渴、无争……"这便也是宝玉心目中的女性本质罢。

下一个**图档二十四 A** **风月宝鉴、秦可卿**。

现在我们就进入到从"风月宝鉴"这题目切入的领域了。

这个宝鉴就是佛语经常用以形容空幻——"镜花水月"中"镜花"的这个部分。

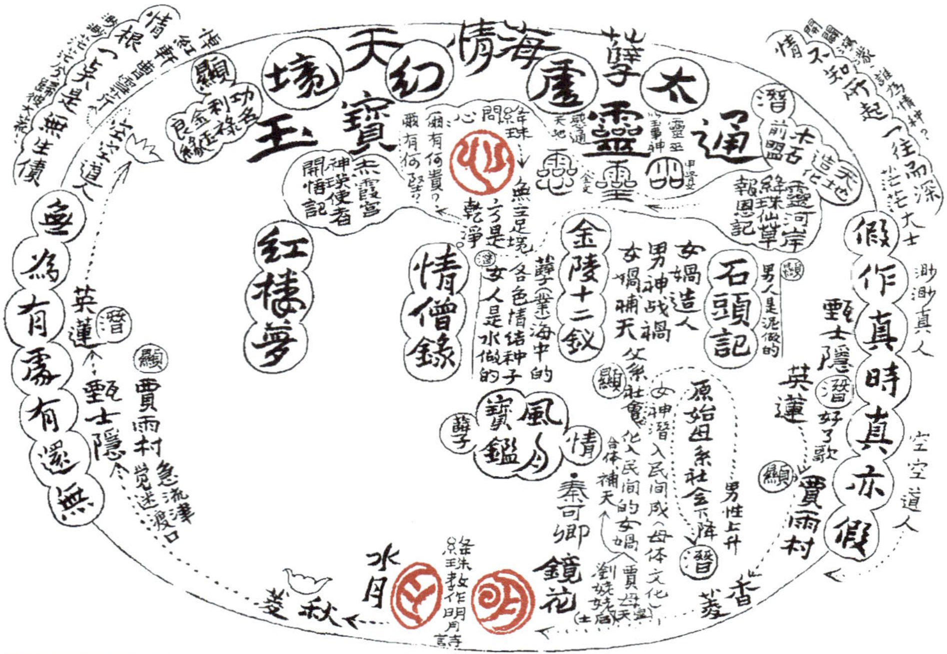

图档二十四 A　风月宝鉴、秦可卿

这里包括了第五回宝玉神游太虚幻境之前的一段文字。仔细读读看，其中的象征、譬喻和天马行空的时空穿越，令人目眩神迷。我觉得就连得诺贝尔奖、写《百年孤独》的马尔克斯*的魔幻写实，也比不上我们的曹雪芹先生。

话说宝玉到他的侄媳妇、贾蓉的太太秦氏秦可卿（情·可亲）房间里，准备要小睡片刻。本来是要睡书房，他觉得那个书房太官僚气了，不喜欢，于是他就让秦可卿把他引到她的卧房去。

请大家注意一下这段描写。他乍入秦氏卧房，就闻到一股细细甜香，令他眼饧骨软，连说“好香”。入房向壁上一看，有唐伯虎画的“海棠春睡图”，两边有宋代学士秦太虚的一副对联，秦太虚就是秦观——“情关”，宝玉自此入了情关。

---

* ［哥伦比亚］加西亚·马尔克斯（Gabriel García Márquez），1927—2014。

这地方请你特别注意，文中说到“案上设着武则天当日镜室中设的宝镜”。

好，然后下面所有历代的美人全都出现了：一边摆着赵飞燕立舞的金盘——哇，是曾经有纤腰如柳、迷倒西汉成帝的舞女跳过舞的金盘耶！

哇，还有，盘内居然盛着安禄山掷伤过太真乳的木瓜，那“禄山爪”与“玉环乳”又是唐代宫闱中何等艳事……

我们再看下面又说到有唐代寿昌公主的床榻。传说这位公主在榻上睡觉的时候，一片芳香洁白梅花掉在她的额头上，简直美极了，从此成为当时贵妇的时尚，大家化妆都在额上点一朵花。再看看，又有唐代同昌公主结婚用过的宝帐，完全用珍珠串成的。

全都是历史上绝世美人的用具。宝玉笑说：好、好、好，这里好极了！秦氏也笑着说：我这个地方神仙都住得了。再看看下面还有什么美人的典故？

哇，是春秋时代越国的西施。宝玉盖什么被子？原来是展开了西施浣过的轻纱，给他当被子盖。用什么作枕头？是元代《西厢记》里俏丫鬟红娘抱过的鸳鸯枕……

这是什么世界？天哪！就连马尔克斯也写不出来啊。

然后，大家服侍他睡下之后，都干吗去了？袭人、晴雯、麝月、秋纹四个丫头为伴，秦氏叫她们好生在檐下看猫儿打架……

下面就是刚才讲的“金陵十二钗”的正副册本，都是宝玉去“太虚幻境”梦中所遇见。

然后宝玉初试云雨情。他与警幻仙子的妹妹，叫作“可卿 · 兼美”——兼有黛玉、宝钗之美的女性，在梦中做爱。这也可以算是另外一段《牡丹亭》中的《游园惊梦》了。

然而我要说的是，在这个魔幻写实剧场中，其实从一开场就摆设了非常重要的象征性道具，就是“武则天镜室里的镜子”。

请问：你觉得那镜子代表什么意思？我探

究一般的注释，都认为是指涉秽乱宫廷的春宫之镜，就是性爱的镜子。我认为不是。

我刚才就讲了，《华严经》是武则天在位的时候，爱好佛法的她亲自督促僧侣译成了《八十华严》巨著。

学佛的朋友，大概都读过那段《开经偈》吧：

> 无上甚深微妙法，百千万劫难遭遇；
> 我今见闻得受持，愿解如来真实义。

这个《开经偈》千百年来，没有人觉得可以更改一个字，便是武则天为《八十华严》的译成，以及她对佛法的感动而撰写的。

《华严经》在中国是顶尖的佛法巨著。武则天深爱《华严经》，就请问法藏（贤首）国师说：可不可以为我解说一下，所谓的华严境界是什么状态？

法藏国师说：让我好好想一想，过几天再

向皇上解释。

法藏国师到间房里设了一个镜室，他叫人搬来十面镜子，分别包围了八方及上下；然后让房间黑着，请皇帝进来。等武则天进去以后，法藏国师就点燃起一支蜡烛。

各位可以想象那个情景，八方上下的十面镜子，彼此重复反射，而每一面镜子都折射出所有其他镜子，那是一个无量无边、重重无尽的世界。

烛光照耀下的镜室景象，一就是一切，当然，武则天也看到自己化作无数重复的影像，而每一个都不一样，因为每一个镜片所呈现的现象与它的角度位置，全都不一样，而又全都是一样的。

最后，这个法藏国师从怀中拿出一个宝珠，这只不过是一个圆形珠子而已，然而所有镜子无穷尽的重叠、反复光影竟然全部都收摄到这颗宝珠中。

这颗宝珠代表我们的心性本质：一即一

切，一切即一。

法藏国师借着在镜室中的示范向武则天说：我这只是稍微、概略地说明一下华严境界而已。

如此，我们就可以回到第五回贾宝玉在秦可卿卧室里，所见到的“武则天当日镜室中设的宝镜”了。原来这孽海情天中这么多的美人，全是从一个无穷的心海中幻化出来的；每一个就是一切，一切又是一，它是一个无穷尽的反复投影。你看，从西施到红娘……所有的美人一一全现身出来。这是无涯际的、情与美的全体世界。

作家刘俊为先勇写传记，题目叫作“情与美”。好极了，怎么会把名字取得这么好。等一下我会介绍爱神丘比特给你们，丘比特的妈妈是谁？维纳斯（Venus），美神哎！要是没有这些美人的话，又怎么会有爱神的箭射过来呢？

就是这样，当这情与美一牵动，就是把整

个宇宙心灵暗物质跟暗能量牵引，呈现成无穷现象，可以让我们来迷醉或参究的时候。

人类潜意识的机关就在一个“情”字跟一个“情动”上。这也是心灵非常危险的悬崖绝壁，可以一跃而粉身碎骨，所以我们唐末的诗人李义山说：“春心莫共花争发，一寸相思一寸灰。”哇，好惨哦！

好，我就再说说这面镜子：刚才一讲到“风月宝鉴”，大家或许立刻想到的是第十二回贾瑞病中从游方道士处得到的治病用的镜子，对不对？见图档二十四 B **风月宝鉴、贾瑞、贾宝玉**。

贾瑞对王熙凤起色心而蓄意调戏她，表现出人性中属于皮肉的、滥淫的领域，可是你也不会觉得他多么可恶，碰到那么刁钻、机灵、多计谋的王熙凤，他只是自讨苦吃、倒霉而已，搞了一个狗吃屎，又生起重病。

这时来了一个道士，给他一面正反皆可照人的镜子，说是出自太虚幻境警幻仙子所制的

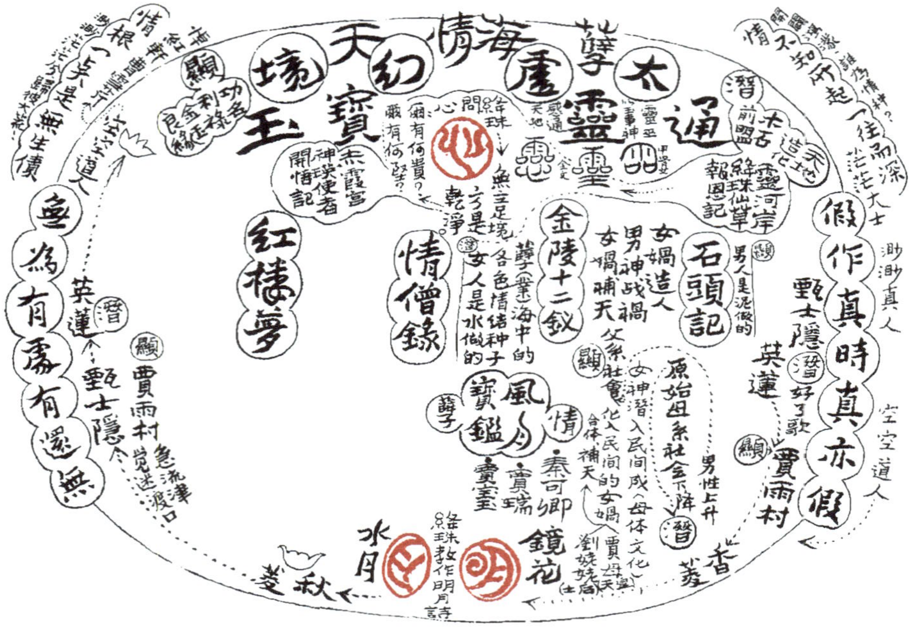

图档二十四 B 风月宝鉴 贾瑞 贾宝玉

“风月宝鉴”，专治邪思妄动之症，可是只能照反面，不能照正面。

贾瑞便依言去看反面，唉哟，好恐怖，是骨头、骨头、骨头，一具可怕骷髅；当他赶紧看镜子正面，却是美人王熙凤向他招手，哇，他就忙不迭进去跟她云雨一番。

“风月宝鉴”反复照看，这一喜一吓又一吓一喜，就是情欲的两极，要了贾瑞的命。

“风月宝鉴”美人与骷髅、爱欲与死亡的强烈对比，让我想到藏传的密教。

密教中崇拜神灵，往往把同尊神祇一分为二，成为对立面的宁静相与忿怒相；有美美的、宁静的神像，还有如可怕恶鬼般愤怒相的神像。此二者同样都可能是保护神。

要真的懂得保护神对立的双面性质，才算是得到保庇。

所以贾瑞这样把镜子颠过来倒过去看的时候，他不明就里，总是贪恋美人的部分而摒弃、逃避那具骷髅；其实二者是同一现象的两面。他不能从“风月宝鉴”得到救济和启悟，只能慕色而亡。所以多少你会觉得贾瑞也怪可怜的，对不对？

那我们再下来看的镜子就神秘了。《红楼梦》中除了“水月”，还有很多“镜花”，都是我们一一要参究的地方。

好，话说第四十一回刘姥姥游大观园喝醉酒，糊里糊涂兜转到厕所拉了屎以后，不辨方向迷了路，居然闯到贾宝玉的怡红院里去。

唉呦，那是个什么神仙的住处？才进屋，她看看，怎么看到她的亲家母也来啦？这个亲家母怎么穿着奇怪，头上还插了一堆花？她就说：亲家母你也来啦。正待伸手去摸她，竟摸到亲家母的脸是冰凉挺硬的，吓一大跳；原来眼前，便是一种叫作“镜子”的东西。

所以我们知道宝玉房间里就有一面镜子。且让我们看看宝玉的镜子与“风月宝鉴”的双重意象有何关联？

早先在第三十九回，刘姥姥初次被引见至

贾母房中。不只二人相晤甚欢，一屋子的人，也都被刘姥姥口中的乡野闲话吸引。大伙要求：说个故事给我们听听吧。当时贾母也在，宝玉、丫头、女孩们也都在场。

刘姥姥可真机灵。在乡下，没什么消遣处，就要靠这些天生有见识的老先生、老太太，不识字的大娘们，他们会信口开河编出一套又一套的故事来逗你开心，这才叫作民间艺术。

刘姥姥立刻就开始讲了。她随便想一想就说：那年下得好大雪，地下压了三四尺深。我那日早起，在家里就听到外面好像有稀哩苏噜的有声音，仿佛听到外边柴草响，可是有人来偷柴草吗？然后我就想：欸，看看到底是……扒着窗户眼向外瞧。贾母就接口说：一定是有过路人觉得天气太冷了，抽一点柴火取暖吧？

结果呢，刘姥姥居然说：我这一看，唉哟，不得了了，是一个非常漂亮，十六七岁，穿着一身大红袄（又是红）、白绫裙的小女孩，真是标致。

刘姥姥正讲到这时候，突然外头有人嚷嚷说：走水了！走水了！

你们知道什么叫“走水了”吗？就是失火了的意思。贾母大惊道：唉呀！不得了！不得了！在小说里，这其实是一个祸起萧墙的预告，也就是整个贾府未来将被“抄家”的预告。

刘姥姥“红袄女孩”的故事被“失火”的突发事件打断。贾母和一群人都跑出来看状况。

此时已经有人来安抚了，说：已经解决了，好了，那火救好了。虽然火已经及时扑灭，那贾母还是惴惴地说：我最怕、最怕就是这件事情。大众见平安无事，回房就座。

贾宝玉虽然刚才看到冒烟，也不觉得失火有什么可怕，就又黏着刘姥姥，追问刚才的故事：那个女孩呢？为什么在大雪地里抽柴草呢？不怕冻出病来吗？贾母听到生气地说：你还在讲那个女孩呢，就是因为讲那个女孩抽柴火，所以我们失火了。

我们读到这里，好像以为贾母是迷信，其

实都是预告。到头来，不晓得是谁偷抽了柴草，就真的燃起抄家的大火来。贾母一语成谶，近乎通灵。

刘姥姥一听不敢多讲。但过不了多久，宝玉逮着机会，又继续追问故事的下文。因为凡是听到有关于美丽女孩的事情，宝玉都是绝对不肯放过的。这也就是“风月宝鉴”中属于诱人美色的一面。

然后呢，刘姥姥就又开始编故事，说那红衣女孩原来不是普通凡人。刘姥姥说：从前有一个员外，他年老得女，爱得像掌上明珠一样。她出落得美如天仙，可怜十七岁不到，就一病死了。贾宝玉听了，十分惋叹。刘姥姥看他惋叹，就顺着他继续讲下去，说：不过啊，家里人也是很怀念、惦记她，就给她盖了一座姑娘庙；常常上香，供鲜果，侍奉得好好的。可是年深日久，慢慢地这个庙就败坏了，姑娘的塑像也坍塌了，只剩下一个泥胎，她就成了精了。这便是雪地里红袄姑娘的来由。

贾宝玉听了忙说：不可以这样讲。照理说，这种女孩是不死的，不是精。

那个刘姥姥一听马上改口，她说：噢，这样讲就对了，你这样讲我就明白。不然的话，村民还说要人拿铁锤去，把这个泥胎给锤掉呢。倒应该好好修复她才对。

贾宝玉立刻就讲：我们家常常出钱布施这些修庙塑神的事情，你们就该去好好地把这个庙给重新修了。私下里，宝玉招呼他的侍童茗烟到刘姥姥讲的地方，去找那个姑娘庙。

这也涉及“风月宝鉴”的另一面哦，你们要注意啊。

话说茗烟拿了钱，准备去布施、修庙。他到处去找，根本就没有这个地方，原来全都是刘姥姥信口瞎掰的。结果茗烟来到荒郊野地，终于找到一间庙，好像有点像刘姥姥所描述的：庙口朝南，半颓的一间庙。

他说：正要进去看那个姑娘塑像的时候，吓一大跳，哪有什么姑娘，是尊青面红发的瘟神！

这便是“风月宝鉴”的两面——美人与瘟神，爱欲和死亡，人生最强烈的两极。

在前面说到贾瑞的“风月宝鉴”只描述在皮肉之欲上，而此处宝玉却追寻传说中的美丽精灵，尊之为神，是一份精神之爱。有趣的是，刘姥姥还把这故事女主人取名为“若玉”——可不是又与“通灵宝玉”相关嘛。

好，那这个地方我们再来看看藏传密教的神祇就很有意思了。也就是刚才谈过密宗法门里的护法神，包括了寂静尊及忿怒尊双重面貌。

我相信这也是《红楼梦》里讲的孽海跟情天的两极化象征。孽海里面会发生很多风云不测、可怕的事情；而情天却可以是超越的、宁静的晴彻天宇。就譬如说第一百十一回鸳鸯上吊，她临死前是秦可卿的鬼魂引导她去上吊的。如果看《红楼梦》就知道，秦可卿对鸳鸯说：来，我们回到太虚幻境、孽海情天那边去报到。

鸳鸯讲：我这辈子没有谈过爱，也未有情欲之事，我这个算有情吗？

秦可卿说：你这未发之情，如花之含苞，未沾尘秽，才是真情，是可以超出孽海直接提升到情天去的。

在这里我们就图档二十五**寂静尊与忿怒尊**，来看一看：密宗中极端相对的寂静尊和忿怒尊。

这是寂静尊，密宗里的观世音菩萨——见图档二十五 A **寂静尊**四臂观音，基本上他就是一个美丽、安静，准备要救助你的形象。

好，下一张。

这是大黑天，图档二十五 B **忿怒尊**头上戴着五具骷髅，血盆大口，脚底下踩着鬼，身上有六个手臂。

他的头上有五骷髅，代表了人类情绪的贪、嗔、痴、慢、嫉，所谓“五毒”，也正是我们生命中所有苦恼的来源。

你知道这个大黑天的家世吗？我告诉你，他是千手千眼观音的化身。换句话说，他也就

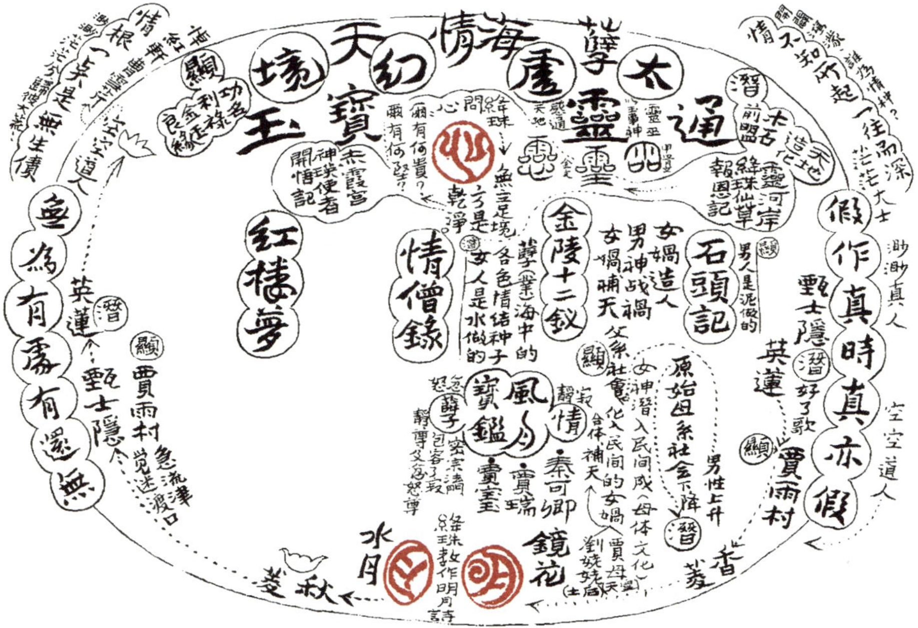

图档二十五　寂静尊与忿怒尊

图档二十五 A　寂静尊（观音）

图档二十五 B　忿怒尊（大黑天）

是千手千眼观音。

观音怎么会是一副魔鬼相呢？原来，他就是比你的贪、嗔、痴、慢、嫉的鬼还要凶的鬼，如果你在心里认出他，好好供养、启动他，他就是你的大护法，可以用他的凶恶把你的心魔消除得一干二净。这是一个非常善巧的心理学：从此你可以不再怕鬼，因为你有比鬼还要凶的鬼。这就是密宗相反相成、转烦恼为菩提的法门，非常微妙。

那我们再看下一张图片——爱染明王。你们要睁大眼睛看喔，如果我说他就是贾宝玉，你们一定会很生气，宝玉哪有这么丑？

这尊是唐代密宗神祇，传到日本以后，中国差不多失传了，藏传地区也不太认识他。爱染明王代表我们爱情凶猛、狞恶的一面，见图档二十五 C **忿怒尊**。他好像太阳一样发出炽热、火红的光，而我们的贾宝玉在作为神瑛侍者的前世中，不正也是住在“赤霞宫”宫中吗？

图档二十五 C　忿怒尊（爱染明王）

爱染明王通身赤霞笼罩，共有六臂。其中一双，左右手拿着弓与箭，就仿佛是爱神丘比特的箭；另外一双，握着拳头与莲花；第三双手上拿着铃与杵，是为悲智双运。

慈悲跟智慧，请各位猜一猜，这金刚铃代表哪一个？（听众：智慧）对了。这个金刚杵呢？（听众：慈悲）对了。

我觉得很有意思，悲智双运也牵连到《红楼梦》神话结构。铃声让你清醒，让你从大梦中醒过来，代表了佛家的智慧。至于这金刚杵，是无坚不摧的武器，为什么要说它是慈悲呢？

我想恐怕击开人性中顽强我执的那种冲撞与痛苦，就是佛家所谓“苦是入道门”“无烦恼不成菩提”的大慈悲所在了。

作为爱神的爱染明王，他在密教里的典故也非常有趣，可以当作公案来参一参。

话说有一天佛陀在说法的时候，座中都是菩萨。突然，奇怪了，为什么好端端的，所有人都好像喝醉了酒呢？此时只有佛陀明白其中的奥妙，佛陀微笑说：是爱染明王到了。

爱神的箭飞来了。可是他从哪里来，不知道。所以大家奇怪，怎么都觉得这么陶醉呢？我们大家不就都在追寻这种陶醉吗？

可是当佛陀这样实时指示出真相，便是有止有观的“止观”。就是：我告诉你，你要看清楚！如此的正念觉照是非常凌厉透彻的。

所以爱染明王即刻在座中现身了。这个呈忿怒相的爱染明王，其实是一个很强大的灵。

我们现在看下一帧图像。当佛陀以觉观和语言点破了爱的陶醉和迷惘后，爱染明王立刻转化成了宁静相，变成这尊叫作“金刚萨埵”的，非常优秀、高级的大菩萨，见图档二十五 D **寂静尊**。同时在座所有打瞌睡、陶陶然的小菩萨们，全部升级为金刚萨埵。你看厉害不厉害。

所以呢，这就是佛教无上甚深微妙法，也就是我们怎样能够看清楚自己——观自在；又如同古希腊阿波罗神殿里的神谕：“认识你

图档二十五 D　寂静尊（金刚萨埵）

自己！”

当你认识自己的时候，“明心见性”的证悟出现了：原来此（忿怒尊）就是彼（寂静尊），这两个是一体的，你再也不会颠倒梦想，怖畏无常了。于是你可以知道如何抉择、创造，并且从梦中醒觉。

以上所说，便是探讨“风月宝鉴”在《红楼梦》中的象征性。

现在我们来看“情僧录”这剧目。见图档二十六**情僧录、妙玉、惜春、宝玉**。“情僧录”的部分，在这本小说里是妙玉、惜春和宝玉等角色，走向佛法“明心见性”的道途。

首先我们要知道，修行的见地是要层层提升的。如果修大乘，就有十地菩萨一层层升高的阶梯；也即把心不断打开，以至于尽除私欲障碍的“无我”之路。

人们如果缺乏正见，常常成为自以为是却走偏了路的修行。譬如妙玉，她看到刘姥姥那样一个乡下老太婆饮用了她的茶杯，嫌刘姥姥

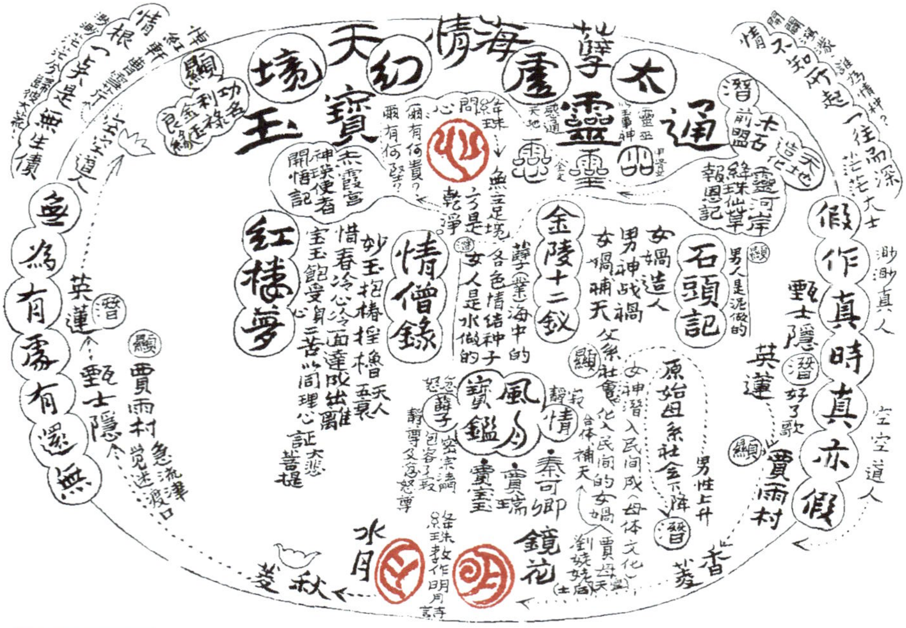

图档二十六 情僧录、妙玉、惜春、宝玉

脏，就连茶杯都不要了。她自求清净，一心向佛，晚上总是打坐，也不太跟俗人来往……可是没想到，在那清冷、白茫茫下雪的冬天，她的禅房外面开遍了红梅，那都是热情的象征啊。想用冰雪来压掉热情，选取花瓣里的积雪来泡茶；妙玉执着清净到那个地步，所以她看到俗人都是很讨厌的。

诚如先勇所说，妙玉只跟两个人比较有来往。一个是惜春，因为惜春从一开始就想出家；另外一个就是宝玉，她其实是满倾心于宝玉的。

妙玉的修行，就只限于一般世俗化佛法、天人福报的层面而已，就是以为把世间法的那些秽浊的事物排除，就可以进入清净解脱的世界里去了。这就与刚才讲的修行不同，也就是说当你要光明（寂静尊）的时候，你有没有同时了解并包容了黑暗（忿怒尊）；你没有，结果你的修行就走偏了。

妙玉以为她在修行，她虽然想划船渡到彼

岸而用力摇橹，然而由于她抱着一个固定的桩子不放，结果船始终停留原处，这就是所谓的“抱桩摇橹”。她的玉洁冰清以及她洁癖的世界，就是她修行的障碍。结果她修成了什么呢？只是滞留在六道轮回中上层的“天人界”，因为她积累德行，所以也可以过优雅的天人生活；可是一旦善业耗尽，从天人的境界堕落下来，因为猝不及防，就会突然惊觉：我头上的鲜花怎么枯萎了？我身上怎么都脏了？我怎么会浑身淌汗？为什么我身上臭臭的呢？为什么我坐立不安？过惯好日子的人，就会觉得非常恐慌起来：为什么忽然之间自己头发也白了，美貌也不见了，身体也衰败了……这叫作“天人五衰”。

妙玉离开悟还有好大一段距离呢，她只修到“天人道”而已。

那么惜春呢？先勇，你能讲一讲“勘破三春景不长”的惜春吗？

▌白先勇：

惜春在《红楼梦》里虽然是所谓的 minor character，是个次要人物，可是在点题方面，她很重要。

其实《红楼梦》里面有“四春”——元春、迎春、探春，最后才是惜春（原应叹息），对不对?

秦氏死了以后，变成鬼魂，她跟王熙凤讲：我们贾家已经过了一百年了，总有衰败的时候，我给你一句话：“三春去后诸芳尽，各自须寻各自门。”

三春——元春、迎春、探春，元春死了，迎春也被折磨死了，探春远嫁了，也离开了；最后惜春收尾，出家，入了空门。

王国维评说：《红楼梦》里面有好几个出家的人。宝玉出家要经过好多生关死劫，像唐玄奘取经一样，经过九九八十一劫，才得到正果。唯有惜春，没有经过任何苦难，就能毅然出离红尘，是不寻常的举动。

惜春会画画。她画什么？她画大观园，对不对？所以她老早就跳出大观园，早已经走到槛外了。她看到的是大观园里红尘滚滚的芸芸众生，而她自己老早已经退开了。所以王国维说她出家是最彻底的。这是王国维讲的，不过奚淞可能还不以为然，他有其他看法。

惜春说她先要斩断眼前一切的情。我觉得《红楼梦》写得最好的有关入世和出世之间的一段对话，就是惜春跟她嫂嫂尤氏在第七十四回的一段吵架，两人吵得很凶。

惜春说：我干干净净的人，为什么给你们污染了。你们不要来吵我。

尤氏气得不得了，就说：你是小姐，以后不来沾染你。

惜春说：你就不懂了。到头来，父子之间亦不能有所勖助，何况你我，我们俩之间你也不能帮我，我不能帮你。

尤氏忿忿然说：好了，那以后我不来了。

尤氏给她骂得落荒而逃。

她是先斩断一切情的，这个惜春。

奚淞已经提出“情僧录”题目，我稍微讲讲这个名字。本来《红楼梦》里面讲的“情僧”是空空道人，他看了这个故事以后，就“由色入空”了，是吧？他讲了一个色空道理，把他自己称为情僧，也把“石头记”改成“情僧录”。

其实曹雪芹……不要被这位作者瞒过，“情僧”指的当然是贾宝玉嘛。我觉得他讲“情僧录”，提出一个非常惊世的观念；一般来说，有情不能成僧，对不对？成僧必须断情，对不对？他说“情僧”，可能是这个词第一次产生，所以很重要。

“情僧录”讲的就是贾宝玉一生的故事。他是下凡、历劫，然后成佛的，所以《红楼梦》也叫“情僧录”。关于惜春，奚淞你就再往下讲吧。

▌溪凇：

惜春会画画。她画大观园耗费的时间，比建大观园的时间还要多。她尚且还要就中描绘出中间的每个角色。惜春的性格，应该是“十年辛苦不寻常”完成《红楼梦》巨著的曹雪芹即作家性格的一部分。

然而王国维认为《红楼梦》中学佛出家的角色里，以惜春最彻底，因为她实际并没有受多少苦，就已看破了世间，遁入空门。

这看法我并不赞同，因为惜春所表现的冷心冷面、舍断世事，有趋向于灰身灭智的危险，并不符合中国大乘佛教理想。

既然《红楼梦》又名“情僧录”，如果要寻找最符合“情僧”名字的角色，非贾宝玉莫属。也只有他饱受身、心诸多苦楚，以爱心、同理心和包容力迈入大悲菩提的证悟。纵览全书，可以说情僧就肯定是宝玉了。

关于贾宝玉如何在书中一步步走向“明心

见性”的道路，就请先勇先说一说第二十二回宝钗生日听戏曲，却引动宝玉参禅的段落罢。

▌白先勇：

薛宝钗过生日是很前面的情节了。薛宝钗进入贾府，她会做人，又通人情世故，贾母很喜欢她。

她度十五岁生日，王熙凤知道贾母喜欢她，就在老太太跟前说，那么替宝姑娘做一个生日吧。贾母就说：那你去问她，她爱看什么戏，爱吃什么东西……

《红楼梦》里面常常演戏。明清时代，很多富有家庭或官宦家庭都有戏班子的。那时候如果你请客没有戏班子，不唱戏，你就次人一等了。戏班子唱戏是当时所谓社会地位的表征，就像现在你有辆 Mercedes-Benz。

宝钗生日宴里有戏班子，可以当场点戏。宝钗非常懂得人情世故，她晓得贾母喜欢热闹，就点一出热闹戏给贾母。又譬如她知道贾母老人家牙口不好，就点那些甜软的点心。你说这样的媳妇你要不要？

要是换了我们这林黛玉姑娘呢，她爱听什么、爱吃什么，都不管别人的。

得知宝钗生日宴弄了一班戏来，宝玉就对黛玉说：我们去看戏。

黛玉说：哼！你有本事，你弄个班子来给我看。她就不舒服了。可不是吃醋了、不舒服了吗？本来是她先进贾府，是最受宠的，怎么跑出一个宝钗来，看起来好像比她人缘好。她不高兴了，但是贾宝玉偏要拉着她去看戏。

看什么戏呢？宝钗点了一出《醉打山门》，讲的是什么故事呢？《水浒传》里鲁智深出家的故事。鲁智深到五台山出家，在庙里面不守规矩，还是花和尚嘛，大酒大肉地吃，就被住持赶出去了。故事讲的就是他离开寺庙后，穿着袈裟踽踽独行。曲牌“寄生草”的这个折子形容他这一段际遇，里边有几句是鲁智深的自述，他说自己“赤条条来去无牵挂”。

到最后《水浒传》里面那些英雄好汉，大部分都不得善终，鲁智深是其中少数得到好结局的，他后来出家，成佛了。

《红楼梦》里面常常拿戏曲来点题，所以这出戏呢，也是在暗指以后宝玉光头赤足、随着一僧一道出家的时候，就是“赤条条来去无牵挂”。所以宝玉一听得“寄生草”曲牌中“赤条条来去无牵挂”句子，心中一触，若有感应。

话说宝钗生日宴演戏过后，大家一路看下来，发现中间有个小旦角唱得很好，就召她过来领赏。王熙凤看到小旦角容貌，就说：唉呀，你看看这个女孩子扮起来像谁呀？

大家都知道：像林姑娘。大家都晓得凤姐所指，不过怕得罪黛玉，谁都不敢讲。因为黛玉的个性是很小心眼的，设若人家用小旦角来比喻她，岂不是会生大气。这时，偏碰到大剌剌的史湘云，她是不管这一套的，冲口而出：

像林姐姐。当时宝玉不敢多话，只能瞪史湘云一眼。没想到这一瞪眼也得罪史姑娘了。看完戏以后，史湘云就气冲冲叫丫头拿了衣包说：我们走！我们走！不要看人家脸色！

宝玉就说：唉呀，我怕你得罪黛玉，所以才拿眼色暗地使你。

史湘云也气了，说：这些话我不要听，你讲给那个喜欢耍小性子的人听去。就把他推出去了。这一推啊，宝玉就跑到黛玉那边去了，哪知道黛玉也把他推出来。

宝玉说：我没讲话啊，我没得罪你啊。

黛玉说：你没讲，比讲的还要坏！你跟这个史湘云使眼色，当我还不知道吗？你怕她得罪我是不是？她讲她是侯门千金，难道我是民间丫头不成？好了，这下子黛玉也把他推走。

宝玉这样子两边不讨好，回去就写了一首禅诗……让奚淞来解释吧。

▌奚淞：

宝玉要与女儿国中的众女性产生同理心和连结，其实有很大的困难；就像男性想要进入女性——所谓母系社会的潜意识里去，就譬如“女人心，海底针”，如同海底捞针般不容易。

想要了解女人情性的本体，宝玉（神瑛侍者）殷勤地侍候她们，恨不得替她们担当各种痛苦，却总是落到左右不是人的下场。此时宝玉刚好听到鲁智深戏曲唱词，“赤条条来去无牵挂”，他就狠着心说，我也原该赤条条来去无牵挂，我干吗惹这许多苦处？

于是宝玉写下禅句道：“无我原非你，从他不解伊。肆行无碍凭来去，茫茫着甚悲愁喜？纷纷说甚亲疏密？从前碌碌却因何？到如今，回头试想真无趣！”

既然“我”是虚妄的执着，那“我”也不是“你”呀，“我”怎么能知道“你”在想什么呢？

宝玉禅诗所透露的心情是这样的："从他不解伊"，从这个人的角度，也不能够真正了解那个人的立场；那么我从中搞来搞去，搞什么鬼啊？看来我（神瑛侍者）真也是服侍不了这些人了，那还是出家去吧，我就走了，我这就舍离了。

当然这种心情下的宝玉，也大可以像后来的惜春一样，冷心冷面出家去。他正摆出想出家做和尚姿势的时候，就以为真的可以赤条条"肆行无碍凭来去"——高兴来就来，高兴去就去，我干吗看你们眼色。

然后他道"茫茫着甚悲愁喜"，本来这个世界就是茫茫不实，我干吗执着这些喜怒哀乐的情绪。

"纷纷"，我要说我跟你比较好、跟他比较差等等；我们总是要比来比去，"说甚亲疏密"。

"从前碌碌却因何"，我忙死了，我干吗？"到如今，回头试想真无趣"，宝玉在偈句中摆出一副大家撂开手、谁也甭管谁的架势。

宝玉写的偈句，由袭人传给宝钗、湘云、黛玉等人看。宝钗念那张宝玉写的偈语，就笑了。宝钗其实是非常看重现世的人，所以她就说：唉呀，不能搞这个东西啊，这些佛法禅机是会转移性情的，明儿若是认真说起这些疯话，存了出家念头，可就糟了。说着宝钗便把偈语撕碎，交给丫头们烧了。

黛玉笑道：不该撕了，等我问他，包管叫他收了这个痴心。

这就回到前面谈及绛珠仙子"问心"的主题了。这关乎日后宝玉历经种种劫难，从苦痛中历炼出与众生同体的大悲心，进而出家。这就比惜春的厌离俗世、求取清净更上一层楼，悟境大有不同。

下面一段黛玉以禅语机锋逗引宝玉进入无话可说的迷情，便是绛珠仙子给予神瑛侍者的心灵棒喝了。

三个姑娘说着话，过来找宝玉。黛玉笑着说：宝玉啊，我问你——"至贵者宝，至坚者玉；尔有何贵？尔有何坚？”

黛玉此言，宛如晴空霹雳，等于是直接探问生命的根源：“(宝玉）你是谁？”

宝玉竟不能答，两个人就笑了，宝玉该是茫然的傻笑罢。黛玉又说：这么愚钝的人，还参禅呢。

那湘云也拍手笑道：这下子宝哥哥可输了。

黛玉道：你刚才又说“无可云证，是立足境”。

宝玉先前偈语中有这句话，也就是说：我要撂开手了，这个才是我的立脚点；我现在就这样决定，我就是会这样做。不管你们什么亲疏密，什么哀愁喜，我就自顾自走得远远的，赤条条来去无牵挂。

对不起，到这个时候，你的执着里还是少不了“我”欤；说“我”不理你们了，这是“我”的主张，一切都是“我、我、我”。

所以黛玉便又抓住了宝玉的痛脚，她就说：你刚才说“无可云证，是立足境”，固然是好了，只是据我看来啊，还没有尽善，我还要续两句，宝玉，你听清楚啊——“无立足境，方是干净”！

等一下我会请先勇多讲一点，关于宝玉身心所遭受的一次又一次锤击和苦楚。他是在怎样的惨痛情境，被冥冥命运中的金刚杵，从肉体到心灵打成什么样子，才能真的光头赤足，站在那个一无所有、冰冷、白茫茫的雪地上，便是黛玉以禅语推着他前往“无立足境，方是干净”的“无我”境界。

我们看下一段。这时候薛宝钗就掉书袋子，说起禅宗《六祖坛经》中惠能开悟的典故来了。我觉得黛玉跟宝玉之间是真正的心灵交集，而宝钗提出来的只是文字概念而已。下面就是《六祖坛经》里关于“明心见性”与传衣钵的故事。

话说五祖弘忍年纪大了，要传衣钵，就对弟子们说：你们各写一个偈子，看看大家心性修养的深浅。大家都不敢写，因为庙里一向公认修行最好的学生是神秀，所以何必来出丑呢？就等神秀去写吧。

神秀也很为难，觉得我如果写偈子岂不是炫耀自己才能吗？可是师父交代又不能不写。所以呢，他就写下一个偈子，见**图档二十七 神秀、惠能偈**：

身是菩提树，心如明镜台；
时时勤拂拭，莫使惹尘埃。

五祖弘忍看了神秀的偈子以后，就说：很好、很好。你们大家都照这个样子去做，都会有成就的。可他心里并不满意，因为这个偈子只说到缘起世间中“诸恶莫作，众善奉行”的精进修行，尚未展现“胜义谛”中的心性本质。

这个时候厨房里有一个不识字的杂务长工，就是后来得衣钵的六祖惠能，他得知神秀偈文后却说：

菩提本无树，明镜亦非台；

本来无一物，何处惹尘埃？

这是“胜义谛”的“第一义谛”，就是说一切现象本质就是梦幻；“一切有为法，如露亦如电，如梦幻泡影”。既然如此，又何必苦苦执着在“世俗谛”上呢？

当五祖弘忍看到惠能请人替他写在墙上的偈子后，他说：很不错，只是仍有些不足。所以他就脱下鞋子，把它从墙上擦掉了。

是不足吗？是的。

弘忍就跑到厨房去看舂米的惠能。那个景象我觉得很美，厨房里，那位瘦小个的居士还没有出家，衣衫简朴，人又瘦小，因为踏碓需要体重，所以身上腰间绑着一块大石头。惠能就在那边手拉着横杆，两脚一上一下地踏碓、舂米。

五祖就问他：米舂熟了没？这是禅语啊，意思是说：你修好了没有？你见到心性了没有？

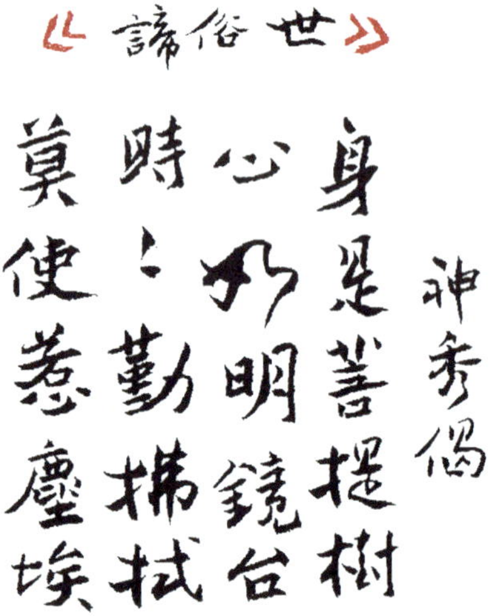

图档二十七　神秀、惠能偈

《勝義諦》

菩提本無樹
明鏡亦非台
本來無一物
何處惹塵埃

惠能偈

回答也是禅语，惠能说：米熟了，只是欠筛。他的意思是说，尚欠师父印心啊。

好，弘忍就以手杖敲击了那碓三下后走了。

惠能会意，于是他半夜三更跑到方丈室，去找弘忍。这个也是精彩，弘忍拿袈裟把二人围起来。干吗？密传。传什么密？不过就是《金刚经》罢了。

当初惠能就是因为听说弘忍在讲《金刚经》，才千里迢迢跑到这边来做苦工的，当然平常也听过《金刚经》，也知道《金刚经》，可是毕竟不算是师父口耳相传、以心印心地传法。当惠能听师父讲到“应无所住而生其心”的时候，明白了弘忍说他四句偈好虽好，犹未尽善的缘故，当下大悟。

“菩提本无树，明镜亦非台；本来无一物，何处惹尘埃。”确实已传达了胜义空，了无罣碍，但在真空本体中，尚未指涉与空性相应的一切妙有。

真空含藏了万有，就好像一面镜子前面，

种种镜花水月、缤纷万象，全都是有的。“应无所住而生其心”，所谓“生其心”就是说心性会自然显现出一切情境的生灭相，并不是一无所有啊。

就此“空有不二”“真空妙有”的领会，使惠能的“明心见性”抵达成熟境界。

惠能以五句惊叹语，见**图档二十八** **自性偈**，充分透彻地说明了如来“自性”全体本质。这便是《六祖坛经》中所记载的：“惠能言下大悟——一切万法，不离自性！遂启祖言：‘何期自性本自清净！何期自性本不生灭！何期自性本自具足！何期自性本无动摇！何期自性能生万法！’……”

从《红楼梦》又别名“情僧录”来看，涉及佛法修行的角色包括了妙玉、惜春、宝玉等人。

从修行佛法的层次而言，妙玉的努力是不足的，“欲洁何曾洁，云空未必空；可怜金玉质，终陷淖泥中。”她的修行自限于“天人道”

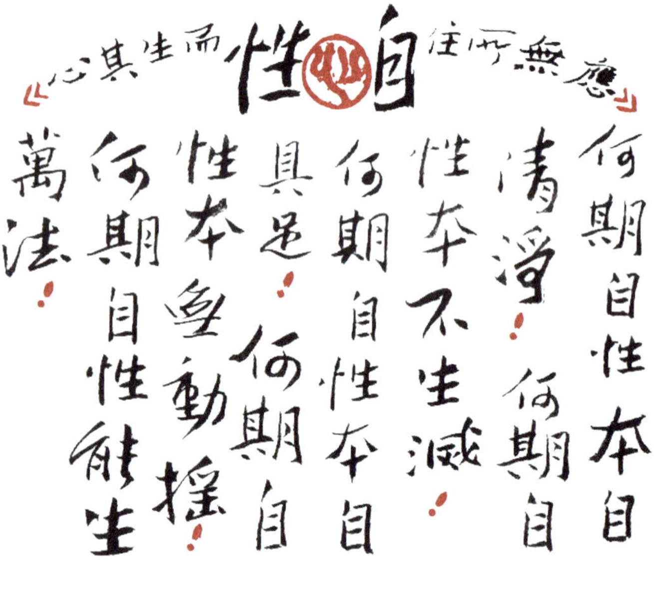
自性
應無所住而生其心
何期自性本自清淨
何期自性本不生滅
何期自性本自具足
何期自性本無動搖
何期自性能生萬法

图档二十八　自性偈

中，不免落入“天人五衰”下场。

至于说到惜春出家：“勘破三春景不长，缁衣顿改昔年妆；可怜绣户侯门女，独卧青灯古佛旁。”她的毅然出离红尘，从北传大乘佛法观点来看，不免落入小乘自囿境界，有灰身灭智、落入断灭的危险。

相较于妙玉的“天人道”，惜春的“灰身灭智”，可以看到《红楼梦》全剧中，连结了所有重要的角色和情节，可以说是如悉达多太子“四门出游”般，亲身体验人生之种种苦迫，最后走上出家之路的宝玉，他的生命历程与妙玉、惜春等人大不相同。

就在这样的情况下，宝玉饱受身心二苦，终于以同理心证大悲菩提，这个时候先勇可不可以跟我们讲一讲：诸如宝玉因为金钏儿投井，因为琪官离开王府而被父亲痛打到皮开肉绽，遭受到肉体剧烈的痛苦外，宝玉在心理上所受的折磨，简直是说不完的……先勇，你来说说关于晴雯之死或黛玉焚稿等悲惨的情境。

▌白先勇：

宝玉最后出家成佛，就像我那个比喻：他就像唐玄奘，必须经过九九八十一劫，蜘蛛精啊那些妖怪整天要吃他的肉，要经过这么多的生关死劫，最后才能成佛。

宝玉经过生关死劫的时候，大家记得吧，秦可卿死的时候，宝玉听得秦可卿死讯，吐出一口鲜血。这就很奇怪了，有人就说，宝玉也许跟秦可卿有什么暧昧的关系。不可能！

他跟她的复制品（replica）——梦中情人兼美即秦可卿的分身，有过这么一段云雨情，但现实上不可能跟她有过任何暧昧关系。那么，为什么他一下子吐出来鲜血？

秦可卿，她兼有黛玉和宝钗之美，所有女性的美汇集在她身上，她是贾府里最受宠的第三代，是第一得意人。而且她身处贾府极盛的时候，这么一个美人、得意人，在这时候一下子死掉。她死的时候，贾府里边云板蹦、蹦、蹦、蹦敲四声，丧音。这也表示说：人生的盛况无常，靠不住。

我想就像那个悉达多太子，他出四门的时候，眼见老病死苦，为之震撼。宝玉第一次碰到死亡，秦可卿之死给他无常的感觉，所谓“彩云易散琉璃脆”。最美的东西也是最脆弱的，也是繁华易尽，最容易消逝的。秦可卿死了。没多久，他的弟弟秦钟，跟宝玉感情很好的秦钟也死了。秦钟长得很漂亮、很美，而且有女性美。

宝玉是在秦可卿的卧房里做了一个春梦的，是不是啊？秦可卿和秦钟，别忘了他们姓秦，“秦”跟“情”同音。你看这两个又是姊弟手足，是情的一体二面。启发宝玉对男性和女性生情的两个人，一下子就死掉，我想对宝玉来说，那是离世入佛的第一步。世界上有这个东西啊，无常！在这两个人身上，全都看见了。

后来经历的无常，我觉得对宝玉刺激很大的，是晴雯。晴雯之死那段，我想是《红楼梦》

里面写得最动人的一段。宝玉一生，对那些女孩子，他最大的爱怜、悲悯，都得起于晴雯之死。晴雯是谁？晴雯就是黛玉的影子；晴雯之死也是遥指黛玉之死。

晴雯，你晓得她的眉眼像林妹妹嘛，削肩水蛇腰。一个女孩子，蛇腰已经不得了了，水蛇腰，你说美到什么地步，对吧？这个水蛇腰死掉了。你看看这无常，美人……晴雯跟宝玉也有一种知己之感，就跟黛玉一样，心灵是互通的。

最后当然宝玉心灵重负被压上的最后一根稻草，就是黛玉之死！一连串生关死劫，经历了这些以后，宝玉一度又到太虚幻境去，这个时候他明白了。原来所有他身边的女孩子，命运都是前定，人生的命运是不可预测的。所以他从太虚幻境醒来的时候，已经醒悟了，性情完完全全变了，乃至于最后他大出离、成佛。

我想这个时候就来让奚淞讲讲“宝玉出家”吧。

▌溪淞：

现在让我们一起从“梦幻剧”中醒来。也即先勇方才所言，一切痛苦的历练，导致宝玉最终的醒悟。

曹雪芹先生在《红楼梦》第一回起首、第一段文字，就提醒读者，务必注意通篇中所用“梦”“幻”等字，都是此书的本旨。

现在让我们看看**图档二十九红楼梦、宝玉出家**——梦幻舞台上五则剧目都已完成。此时，就让我们进入最末剧目“红楼梦”段落……

当初在大观园里，宝玉跟几个姊妹们在斗禅机的时候，事实上已经涉及《六祖坛经》里六祖惠能明心见性、悟及自性身的部分了。似乎大家借着小儿女头脑的聪明也可以想一想说：这个我也可以悟，这个我也可以这样做。

事实上要认识“开悟”，用头脑去想也不是那么困难；包括我们学佛读经时说：唉呀，我明白了，我知道这些偈语的意思。

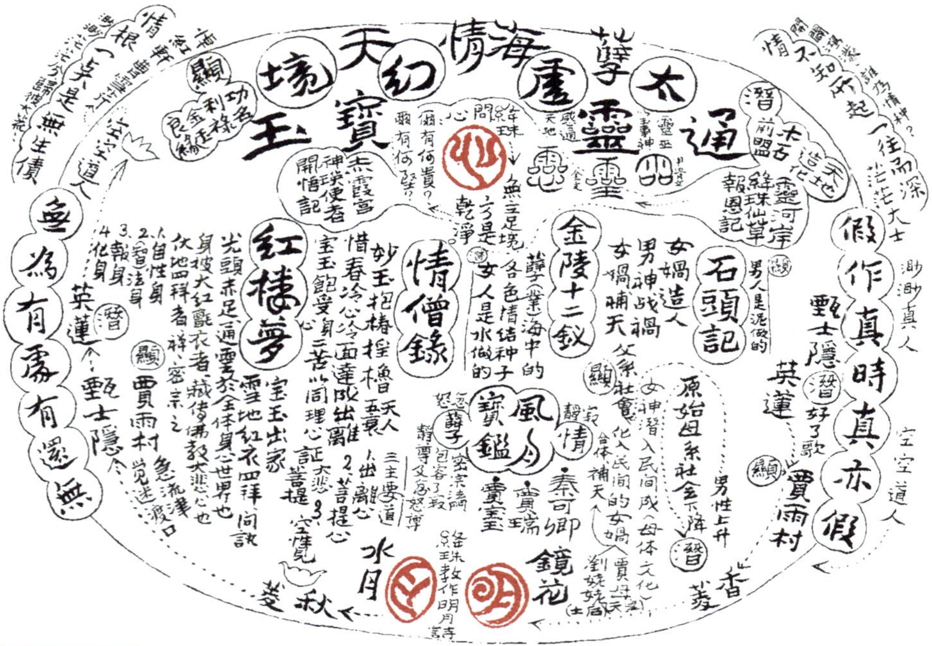

图档二十九 红楼梦、宝玉出家

可是就连六祖惠能传受到衣钵以后，也仍然有所不足。禅宗学人评述道：没有明心见性之前，如丧考妣；开悟以后，还是如丧考妣。为什么呢？

因为开悟也只是另一段修行的开始而已。就是："佛道可以顿悟；可是见道之后，还得渐修。"你明明知道你自己本初的心是清净的，可是你生生世世所累积的业力障碍有多深啊，有多少业力要还哪！

所以黛玉于二十二回在"问心"段落道：一直要锤炼再锤炼，直到没有立足境的时候，你才算修行干净。在密宗佛教中，就像是真的要用那个金刚杵打了又打、锤了又锤。

在三十三回中，宝玉的屁股被贾政打烂以后，林妹妹偷偷去探望，问道：你痛不痛啊？

看到林妹妹来，他连屁股都不痛了；他说你来了，我就好了。事实上林妹妹教他说以后不要再做这样的事情了。身体的痛，就佛法说"苦圣谛"而言，这种熬炼还是不足的。事实上还有心灵上的种种无明障碍，必得靠日后黛玉对他不断“抛红豆、抛红豆、抛红豆……”，对宝玉生命一次又一次地撞击，一直撞击到他“无立足境”为止，那就要到第一百二十回，他光头赤足，立于白茫茫一片雪地，心灵完全纯净无染的境界了。

话说六祖惠能在开悟、得衣钵后，连夜离开了五祖弘忍的寺庙。《六祖坛经》中，他隐姓埋名到南方的猎人窝里，足足隐藏了十多年时间。这段隐修的时间非常重要。佛道需要渐修，漫长历炼中才能够肯定自己的障碍是一点点消除了，得以一步比一步地明白他原来在开悟时口说的《自性偈》五句：“何期自性本自清净！何期自性本不生灭！何期自性本自具足！何期自性本无动摇！何期自性能生万法！”惠能对自性的体悟愈来愈清晰，终于成为一代大师，也为中国留下了唯一一部由中国人记述的佛经。

至于我们记写情僧历劫的《红楼梦》，从

开场《好了歌》，便也譬喻宝玉非得历经沧桑患难乃得了悟。

至于当时黛玉以禅语机锋向宝玉问心，也暗示他终有一天抵达情尽之处；情尽处是情了处。“情了”不是抛弃情，而是说你真正“了解”了甚深微妙情的本质，借生命幻梦的觉醒，得以回归心性本体。

脱落自我黑盒子的囿限，化为常寂常照的心性光明。我想我们作为地球上人类一员，恐怕真正渴求认识并达成的也就是这个东西。

好，我们来看下一张图档三十**佛之三身与四身**：

藏传佛教中的“金刚诵”——“嗡、阿、吽”，既代表了佛的三身“化身、报身、法身”，也是学佛人“身、口、意”的象征。一般佛教徒，依此行三顶礼。

至于佛的四身，这是藏传佛教中的密法里才有的四顶礼。在佛的化身、报身、法身之上，再添加类同于惠能开悟时所赞叹全体佛性的

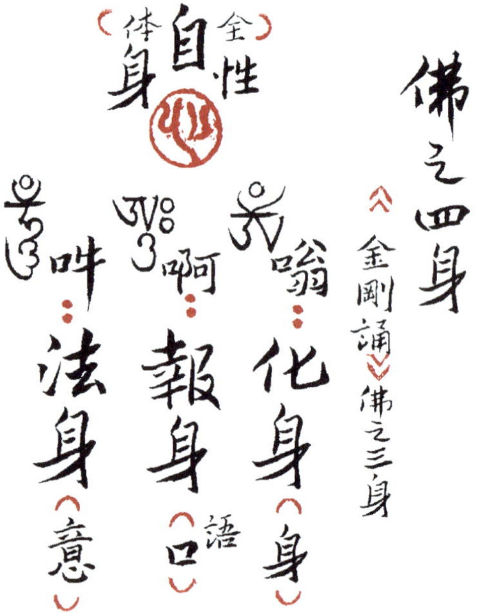

图档三十　佛之三身与四身

“自性身”，成为佛之四身。密宗学佛人行皈依顶礼时，会如此进行四次五体投地的大礼拜。

比如当我念“嗡”的时候，是向化身佛顶礼。此时化身佛的天眼发出白光进到我的额头，我顶礼，与之合一。这是身顶礼。

我念“阿”的时候，是报身佛的喉部发出红光，进到我的喉部，我顶礼，与之合一。这是语顶礼。

我念“吽”的时候，是法身佛的秘密的心灵发出蓝光，进入我的心轮，我顶礼，与之合一。这是意顶礼。

由藏传佛教徒一般的“身、口、意”三顶礼，进入到密教“自性身”的四顶礼，就是在第四拜的时候，观想佛全体化光进到我全身。

这是一个借着音声、现象与颜色的观想，来牵引自己与佛性连结的礼节。

在藏传佛教鼎盛的乾隆年代，《红楼梦》第一百二十回大结局中，贾宝玉身披藏红色斗篷，光头赤足，在雪地上倒身四拜，可能就是像依循藏密传统般，与佛的四身进行了皈依和连结。

看下一张图档三十一**密勒日巴偈**。

这是十一世纪藏传佛教中的大修行人、大文学家以及家喻户晓的歌者——密勒日巴《胜义八庄严》中的一个偈子，或可以用来说明贾宝玉的四拜。道歌偈文如下：

> 自心达到尽地时，岂非一世之成正觉耶？连结四身而成大庄严。

且看贾宝玉披着在藏传佛教中象征热情和大悲心的大红猩猩毡；雪地里的他光头赤足，正如禅诗所谓："不经一番寒彻骨，哪得梅花扑鼻香？"

他倒身四拜，就像密勒日巴说"自心达到尽地时"，当一切幻象消尽，所有一波一波的孽海情浪都已经抵达尽头，就连大海也都澄静下来，就如孟子所谓"尽其心也，知其性也"，

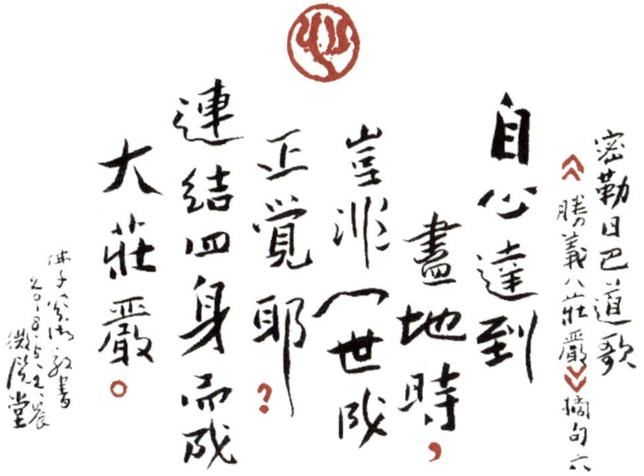

图档三十一　密勒日巴偈

其实指的是同样的心性境界。

“自心达到尽地时，岂非一世之成正觉耶？”密勒日巴的偈句里，有宛如天问的问号，这个就是从佛母大摩耶夫人的大幻化网中诞生，以一双最亲切、最童真、最纯洁的眼睛，看到了我就是佛（正觉者），我就是全体，“连结四身（化身、报身、法身、自性身）而成大庄严”。也就是当我投身四拜的时候，以有限的现象连结上了无限的全体真相。

人生在世，为什么永不满足，因为他不能够领会并安憩于“全体”。因为心灵本质的要求，就是要求抵达“全体”的大圆满。

那“全体”其实就是无量光、无量寿——无量的时间和空间，那是人类的感官无法企及、不可思议之处。

孔子说“知之为知之”，就是我们人类感性和理性所知道的、形而下的世界；他又说“不知为不知”，这是属于不可思议的、形而上的真相世界。此二者要合在一起，你才知道全体是什么东西：“是知也”。

体认全体以后，我们就不会那么黏着在个体自私的需求上，全体之爱油然而生。当这样的心情出现的时候，你心里自然产生大悲心。

那个“大”字不得了，那个才是真正的我们心灵的满足和皈依处。

落了片白茫茫大地真干净。当梦幻剧场结尾，贾宝玉投身雪地四拜之际，他的心已由炙热俗世，进入“即照即寂，即寂即照；双存双泯，绝待圆融”的常寂光土了。

好，下面便是第一百二十回中贾政与宝玉会面的结局，它可能是《红楼梦》中最美的一个部分，就请先勇来说说罢。

▌白先勇：

这时候贾母过世了，林黛玉也过世了，贾政就把她们的灵柩送回金陵，送回姑苏，送完以后，贾政要回去了。

一日，贾政接到家书，知道宝玉失踪，考完试以后不见了，他心里很烦恼。

冬天下雪，他坐船行在回家的路上。来到一个小镇，停泊下来。他打发家人去通知地方官，船上除了一个小厮就只剩他一个人。

在修家书的时候，他突然看见岸边有一个人走来，仿佛就是宝玉……

微微的雪影中，宝玉的身影如真似幻。这一段文字，可能算是我们中国的抒情文学到顶了，我觉得其意境之美、意象之美，把整部《红楼梦》撑起来了。

宝玉出家是《红楼梦》中的一个高峰。谁说后四十回写得不好？这个是巅峰到顶的！

我想这一段让奚淞慢慢道来。

▌奚淞：

整部《红楼梦》的神话结构，缘起于神瑛侍者灌溉三生石上仙草，而绛珠仙子欲以一生泪水报恩的序说。如此落于凡尘的宝玉，混迹在如水般女子们的柔情抚爱中，也领受多少相思血泪的淹煎苦迫。到头来女子们嫁的嫁了，死的死了。同样的报恩泪水，岂不也正可以化作霏霏雨雪，落了片白茫茫大地真干净……

且看第一百二十回里写出的《红楼梦》大结局："微微的雪影里面一个人，光着头，赤着脚，身上披着一领大红猩猩毡的斗篷，向贾政倒身下拜。贾政尚未认清，急忙出船，欲待扶住问他是谁。那人已拜了四拜，站起身来打了个问讯，贾政才要还揖……"

《红楼梦》文字写到此处，贾政才想要还揖，因为不知道是不是宝玉，然后迎面一看不是别人，真的是宝玉。他大吃一惊。

是宝玉吗？那个人不说话。因为梦幻剧已经发展到了一个超乎语言的地步。

他又悲又喜。弘一法师圆寂前不是写下"悲欣交集"四字嘛，对了，正就是悲欣交集。

"交集"就进入到那个"不二"，把世间的

相对境泯然合一了。

好，那贾政又说道：你若是宝玉，如何这样打扮，跑到这里来？

宝玉未及回言，只见船头上来了两人，一僧一道，夹住宝玉道："俗缘已毕，还不快走？"

中国儒道释三家在这里合一：一僧一道夹住曾上京应试的宝玉，船上有代表儒家传统的贾政。眼见"三个人飘然登岸而去。贾政不顾地滑，疾忙来赶……"，作者只有几句话，就把那个情境全写尽了。"见那三人在前，哪里赶得上？"

"只听得他们三人口中，不知是哪个作歌"，当然是宝玉的心声啊！

我所居兮，青埂之峰……

我所住的地方，是可以将情爱升华至最高之处。深藏的情根种子，由黑暗无明处萌芽，突破私我困缚，从低处向晴空升华，以至于无垠……

我所游兮，鸿蒙太空……

那是 the whole universe，此鸿蒙太空不限于外在，也是内在的心灵的全体。

谁与我逝兮，吾谁与从？渺渺茫茫兮，归彼大荒！

先勇说《红楼梦》结尾此曲简直是高亢入云。然而说到证悟佛性的话，则是以无上正等正觉来形容，也是无涯际的大悲心。

贾政一边听着歌声，一边赶去；转过一个小坡，歌声情境已经不见了。

故事结尾处，且让我们再回首看一眼这虚空中的梦幻舞台。两侧岂不是清清楚楚写着“假作真时真亦假，无为有处有还无”对联。

如是假（贾）即是真（甄），虚无中分明幻呈万有。至此，蒙蒙雪影落下，遮没了这场“真空妙有”的梦幻剧。

我们再看下面一张**图档三十二张拙开悟诗**。

开悟诗

光明寂照遍河沙，凡圣含灵共我家。
一念不生全体现，六根才动被云遮。
断除烦恼重增病，趣向真如亦是邪。
随顺世缘无罣碍，涅槃生死等空花。

这个是五代张拙的《开悟诗》。我觉得就像前述宋代黄庭坚《澄心亭颂》，你要懂得中国佛学，就要懂得这首《开悟诗》在说什么，同时它也等于在说明《红楼梦》整部作品的佛学意涵。

好，让我们从《开悟诗》的第一句开始：“光明寂照遍河沙”。“光明”指的是什么？回

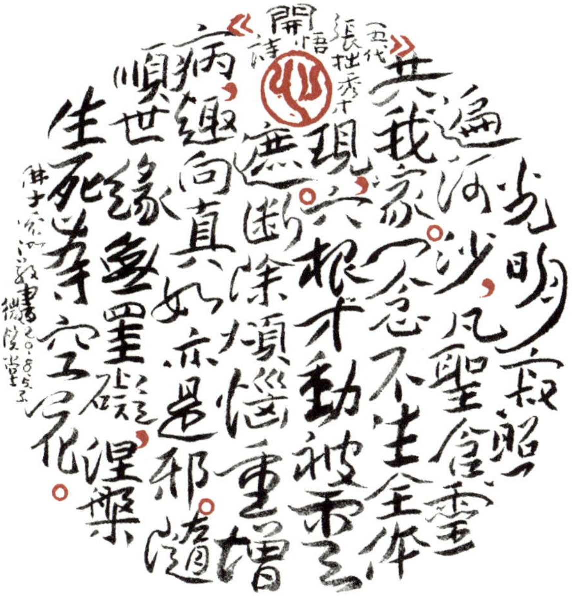

图档三十二　张拙开悟诗

头看香菱写《明月诗》，是一种心灵清凉的光。明月升起，长江大河、蜿蜒河滩到处闪闪发光，便是“光明寂照遍河沙”。河沙象征了世间所有芸芸众生。

下一句“凡圣含灵共我家”。刚才讲到法藏大师在武则天的镜室掏出一颗宝珠，刹那间所有的形相全部都收摄到一颗宝珠（心灵）之中。

相不相信？如果把我们细胞里的DNA分析一下，四十亿年的生物演化程序，全都收摄在我们的身体里面。说DNA还只讲的是物质，那么精神呢？恐怕它还超过四十亿年，是不可计算测度的。

“凡圣含灵共我家”，整座红楼从一草一木乃至于众生百态，也都可以收摄在宝玉一人心中。他们有层层叠叠的业力和命运。他们有“共业”，所以共同成为人类，或者共住在红楼里。他们也有个别的“别业”，依他们各自因缘去看待红楼。

就好像我此时站在台大博雅馆讲台上，你们各以不同的心思在看我。有的人想说：他是不是有点疯了？可是毕竟我们有共业，我们还是聚在这里。所以等一下你只是出去骂两句而已。如果有人说：欸，你讲得真好！那我就很高兴。可是我也不知道你心里究竟想的是什么。虽然你我的看法都不尽相同，我们居然在这个重重叠叠、相似相异的识别里，聚集在一处，即所谓："凡圣含灵共我家"。

而这一家子人呢，我的心光、我心里的宝珠，又把你们所有的现象，都收纳在我的宝珠里面。《红楼梦》里的贾宝玉以平等心爱每个人，是很特别的角色。世上何有这样的人？再想想，我们发现他其实就是作者曹雪芹。因为我们可以发现曹雪芹描写各种阶层、清浊不同性格的角色，从来不出夸张恶语。

即使曹雪芹写出角色黑暗、坏的一面，也并不忘记他的光明、好的一面。每个角色都处在这样阴阳蒙昧当中，有的障碍比较多，有的障碍比较少；有的比较美，有的比较丑；有的比较愚笨，有的比较聪明。曹雪芹对待他（她）们一视同仁，都以宽大而温暖的平等心对待，岂不也如张拙诗云“凡圣含灵共我家”？

曹雪芹的恢阔胸怀，以及无微不至的同理心，在《红楼梦》中且有此性格特质的，唯独宝玉一人而已。所以贾宝玉是比惜春更进一步趋向大乘佛学的修行人。经历了那么多的锻炼跟锤击之后，他彻底舍下自我，光头赤足，于白茫茫一片大地投身向世间梦幻剧场中的所有角色礼拜。便如诗中“一念不生全体现”；无我——放下执着，便进入同体大悲的众生一体境界。

如果具备禅修经验，懂得反观自己，可以发现当我们放下执着，不受因缘纠缠，不爱、不恨、不烦的时候，也即是“无我”的微妙禅境。此时恍然在情境跟情境刹那推移的间隙，会感觉到一个无可言喻、恢阔空性的全体出现，那就是心性的真如本质。

那么下一句“六根才动被云遮”又在表明什么呢？只要我们跟随感官和我执生起妄念、行动的时候，晴空立刻被乌云遮蔽，就像《红楼梦》开场神话所说，出于绛珠仙子受神瑛侍者灌溉之德，心生一念报恩之心。此念一动，就在无边孽（业力）海中引发多少波澜，导致一群情鬼下凡，演出这场悲金悼玉的红楼梦大戏。

“断除烦恼重增病”这一句，可以从宝玉早先参禅的阶段说：我只是想脱离烦恼而已，我不想理你们这些姑娘们的问题，我只要肆行无碍凭来去，“赤条条来去无牵挂”。这样一味只想断除烦恼，其实是惹上了禅病，并没有解决问题，更没有了了分明地了解真相。

“趣向真如亦是邪”，譬如妙玉一心只想清净，只图美好；这就像一般学佛者心理，误以为在世间追求人天福报便是究竟。不想一旦业风吹来，福报享尽，便是天人五衰，惊恐堕落的来临。妙玉便是最佳写照。

至于说到惜春断然割舍世缘、走上出家之路，如果不懂得借事历心，提升修行见地，便有误入灰身灭智、断灭空境地的危险。这又如何证得大悲菩提呢？

五代张拙《开悟诗》中最末两句："随顺世缘无罣碍，涅槃生死等空花"，就充分说明中国大乘佛学抵达顶峰的"真空妙有"境界了。

如果我们在活着的每一个刹那都能够知道：全体的心灵、整个的宇宙，从来没有离开过我，那么我为什么要觉得孤单无依呢？那为什么不在我爱、我恨、我烦，烦恼到极点的时候，想到始终伴随着我的天地有多大，而整体的心性有多渊博。如此，你个人的烦恼大可以"随顺世缘无罣碍"，因为你知道：即使我现在烦恼到死，这件事情是会淹灭的，灭到哪里去？灭到全体空性里去！

佛陀说一切都是无常的，无常故苦。当你抓着这个无常不放而成为"我"和"我所有"之后，你是多么的狭小，多么的苦，多么的受困；这是一个黑窟窿，一个黑房子，你就在里面挣扎得要命。这都是自我的，因为你死抓着那个“我”和“我所有”不放，可是就连这个房子都不是真的，哪里有个不变的我呢？

所以呢，第一个是“无常”的，第二个是“苦”的，第三个是真正佛法的核心——“无我”。

譬如说“奚淞、奚淞、奚淞……”，那也不过是个名字而已。那我说：我现在照照镜子，我已经不认识我自己了。我比较认同我自己从前的模样；我怎么会变成今天这个样子？那没有办法。

知道你时时刻刻都在变动中，你是无常的、是苦的；然后，原来这一切不是属于我的，我只是在负责经历、了解这一切而已。我要让这分了解放光，同时也是在痛苦中放光。

原来痛苦就是一种生命的撞击，就好像古老的取火照明，你用燧石去打火，你要敲、敲、敲、敲，它就亮起来了。

我们的生命也正是这样，就要随顺个人的缘分哪，随缘消旧业。缘分有好有坏，但请你注意一下，就是说当受苦的时候要感恩，因为它就是给你一个很大的锻炼。我在多少懂得了一些佛法以后，每当深夜烦恼的习性又来临、受苦的时候，我就想：欸，是佛在叫我！

佛又叫你了。然后你只要安忍，少安毋躁……过后你会说：哇，我又多了解一点了。什么时候，你才能达到“了了分明，不了了之”的解脱境界呢？

事实上，所有你借以修行的生命经验，都叫作“涅槃生死等空花”；一切都如同镜中花、水中月，无论苦乐顺逆都是神通妙用，都是值得感恩的生命奥秘。

这里就是张拙秀才的一首《开悟诗》。我把它当作中国大乘佛法的典型，其中也包含了中国传统文化对心性的完整认识。

最后我要回归原始佛法，借古巴利文《慈经》中佛陀亲口教授的禅修诵句，向大家行一个合十问讯礼。

好，下一个图档三十三**《慈经》**。

我要先说“Namaste”，然后诵念“七愿、八十八个字”的《慈经》诵句：

> 愿我远离苦恼，愿我平安快乐；
>
> 愿你远离苦恼，愿你平安快乐；
>
> 愿一切世间众生，无论柔弱或强壮，体型微小、中等或巨大，可见或不可见，居住在近处或远方，已出生或尚未出生，愿他们都能远离苦恼，愿他们都得到平安快乐。

我相信这也就是光头赤足、披大红猩猩毡、在雪地里的宝玉问讯的情怀，希望用这样的一个合十祝福，连接整个空性跟红尘世间。

事实上，他的“了（好了）”不是结束，而是一种互即互入的无穷连结，这是佛陀真正

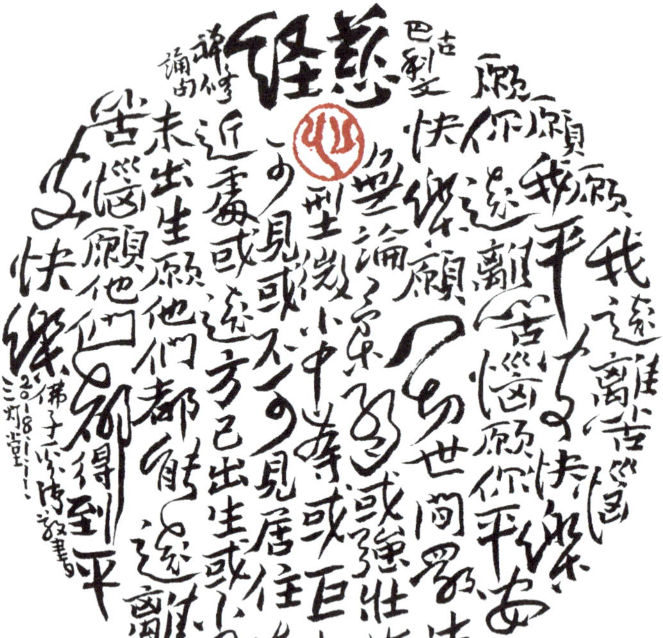

图档三十三 《慈经》

要传达的开悟。

谢谢各位!

▌白先勇:

太精彩了，太精彩了！我们的《红楼梦》一定要讲到那么高的高度。《红楼梦》是本天书；我更加要强调：《红楼梦》是天下第一书！我们的民族，能产生这么了不起的文学经典，应该觉得非常骄傲。

《红楼梦》是二元结构，在写实的方面当然很了不得，但在更高的层面，刚刚奚淞讲了长达四个钟头，把《红楼梦》的更高一层显示给大家看。

那我就接着宝玉出家作一个小结论。整部《红楼梦》的底蕴，有很重要的三种力量在引导它、在控制它，那就是我们的儒、释、道。这也就是我们中国人的哲学，是中国人对人生的态度，尤其表现在最后宝玉出家这一幕。

你知道贾政本来很讨厌他这个儿子，其实呢，他是恨铁不成钢。当初宝玉一岁的时候，贾政让他抓阄，他什么都不抓，一抓就是胭脂。其中象征的人生取向，跟贾政儒家那一套理想完全相反。

贾政跟宝玉两个人，其实也就是儒家经世济民的入世哲学，跟宝玉佛道“镜花水月，浮生若梦”的出世哲学，这两者之间相互的拉扯、冲突，到最后这里，你看看，政老爷也不顾地滑，喘吁吁地跑去追他的儿子，转一圈不见了，只剩下、只落得白茫茫大地一片真干净。

我想所有人间的七情六欲，所有嗔贪痴爱，都被白茫茫的雪给盖过去了，都消化掉了。

贾政再回到船里的时候，突然间有一种醒悟，他说：唉呀，原来宝玉是来历劫的，哄了老太太十九年；难怪他是非常聪明的，只要他肯用心，诗作得很好，是非常聪明的一个人。

这时候父子之间达到了一种谅解；儒家与佛道之间有了对话。

《红楼梦》到最后的时候，你感觉到它的伟大、崇高，那就是因为它包容了一切，包容了我们整个民族儒、释、道三家的思想。

刚刚奚淞念《慈经》的时候，你会觉得有那种胸襟，那种大悲之心。

所以曹雪芹是以天眼来看红尘，以大悲之心来刻画芸芸众生。奚淞家里边还有一副对子，他说这是二十多年前丝路之旅，在张掖一间古庙——西夏国所建造的大佛寺古庙里边，他看到的一副残存对联，句子是这样的：

天地同流，眼底群生皆赤子；

千古一梦，人间几度续黄粱。

我觉得这副对子可以拿来做《红楼梦》、做曹雪芹创作情怀的总结。

天地宇宙这么大，曹雪芹看到的一切芸芸众生都是赤子。

古今一梦，你看自古以来有多长时间，我

们都一个梦接一个梦又接一个梦地不停地在梦中……

那我们今天也应该梦醒了。

谢谢大家！

贾宝玉的俗缘：

蒋玉菡与花袭人

兼论《红楼梦》的结局意义

白先勇　主讲
奚　淞　整理

《红楼梦》中贾宝玉有句名言："女儿是水作的骨肉，男人是泥作的骨肉。"宝玉见了女儿便清爽，见了男人便觉浊臭逼人。然而《红楼梦》中有四位男性：北静王、秦钟、柳湘莲、蒋玉菡，宝玉并不作如是观。这四位男性角色对宝玉的命运直接、间接都有影响或提示作用。四位男性于貌则俊美秀丽，于性则脱俗不羁，而其中以蒋玉菡与贾宝玉之间的关系最为微妙复杂，其涵义可能影响到对《红楼梦》结局的诠释。

《红楼梦》第五回"贾宝玉神游太虚境"，窥见"金陵十二钗又副册"中有诗写道：

> 枉自温柔和顺，空云似桂如兰；
> 堪羡优伶有福，谁知公子无缘。

此诗影射花袭人一生命运，其中"优伶"即指蒋玉菡，可见第一百二十回最后蒋玉菡迎娶花袭人代宝玉受世俗之福的结局，作者早已安排埋下伏笔，而且在全书发展中，这条重要线索，作者时时在意，引申敷陈。第二十八回“蒋玉菡情赠茜香罗”，冯紫英设宴，贾宝玉与蒋玉菡初次相见，席上行酒令，蒋玉菡手执木樨吟道：“花气袭人知昼暖。”彼时蒋玉菡并不知有袭人其人，而无意间却道中了袭人名字，冥冥中二人缘分由此而结。少刻，宝玉出席，蒋玉菡尾随，二人彼此倾慕，互赠汗巾，以为表记。宝玉赠给蒋玉菡的那条松花汗巾原属袭人所有，而蒋玉菡所赠的那条“血点似的大红汗巾子”，夜间宝玉却悄悄系到了袭人的身上。蒋玉菡的大红汗巾乃茜香国女国王所贡之物，为北静王所赐，名贵非常。宝玉此举，在象征意义上，等于替袭人接受聘礼，将袭人终身托付给蒋玉菡。第一百二十回结尾篇，花袭人含悲出嫁，次日开箱，姑爷见猩红汗巾，乃知是宝玉丫头袭人，而袭人见姑爷的松花绿汗巾，乃知是宝玉挚友蒋玉菡，红绿汗巾二度相合，成就一段好姻缘。而促成这段良缘者，正是宝玉本人。

袭人在《红楼梦》这本小说以及在宝玉心目中都极占分量，而宝玉却将如此重要的身边人托付给蒋玉菡。《红楼梦》众多角色，作者为何独将此大事交托蒋玉菡，实在值得深究。蒋玉菡原为忠顺亲王府中忠顺王驾前所蓄养的优伶，社会地位不高，在小说中出场次数不多，而作者却偏偏对这样一个卑微角色，命名许以“玉”字，此中暗藏玄机在于红楼梦作者对角色命名“玉”字绝不轻易赐予。小红本名红玉，因为犯宝玉之名而更改，即是一例。玉是《红楼梦》中最重要的象征，论者早已著书讨论，在众多复杂的诠释中，玉至少象征人的性灵、慧根、本质等意义，已是毋庸怀疑，而小说人物中，名字中凡含有玉字者，与宝玉这块女娲顽石通灵宝玉，都有一种特殊缘分，深具寓意。

除了宝玉以外，《红楼梦》中还有其他四块玉。首先是黛玉。宝、黛二玉结的是一段

“仙缘”，是神瑛侍者与绛珠仙草的爱情神话，也是一则最美的还泪故事。宝玉和黛玉之间的爱情乃是性灵之爱，纯属一种美的契合，因此二人常有相知、同类之感。黛玉是宝玉灵的投射，宜乎二人不能成婚发生肉体关系，唯有等到绛珠仙草泪尽人亡魂归离恨天后，神瑛侍者才回转太虚幻境，与绛珠仙草重续仙缘。第二块玉是妙玉，有人猜测宝玉与妙玉之间，情愫暧昧。事实上宝玉与妙玉的关系在《红楼梦》的主题命意及文学结构上都有形而上的涵义。妙玉自称“槛外人”，意味已经超脱俗尘，置身化外。而宝玉为“槛内人”，尚在尘世中耽溺浮沉。而结果适得其反，宝玉终于跨出槛外，修成正果，而妙玉却堕入淖泥，终遭大劫。宝玉与妙玉的关系是身份的互调，槛外与槛内的转换，是一种带有反讽性的“佛缘”。妙玉目空一切，孤僻太过，连村妪刘姥姥尚不能容，宜乎佛门难入。而宝玉心怀慈悲，广爱众生，所以终能成佛。

《红楼梦》男性角色名字中含有玉者，尚有甄宝玉与蒋玉菡。甄宝玉仅为一寓言式的人物，是《红楼梦》中“真”“假”主题的反观角色，甄宝玉貌似贾宝玉，却热衷功名，与贾宝玉的天性本质恰恰相反。作者创造甄宝玉这个角色，亦有反讽之意。《红楼梦》作者的人物设计，常用次要角色陪衬、反衬主要角色，例如晴雯、龄官陪衬黛玉，二人是黛玉的伸延、投影。宝玉这个角色除了以甄宝玉、妙玉反衬以外，另外一位名字带玉的男性角色蒋玉菡对宝玉更具深意。如果宝玉与黛玉所结的是一段“仙缘”，与妙玉是“佛缘”，那么宝玉与蒋玉菡之间就是一段“俗缘”。在《红楼梦》众多男性角色中，宝玉与蒋玉菡的俗缘最深——宝玉与贾政的俗缘仅止于父子，亲而不近。宝玉与蒋玉菡的特殊关系具有两层意义：首先是宝玉与蒋玉菡之间的同性之爱，其次是蒋玉菡与花袭人在《红楼梦》结局时的俗世姻缘，而此二者之间又有相当复杂的关联。

第二十八回“蒋玉菡情赠茜香罗”，宝玉与蒋玉菡初次见面即惺惺相惜，互赠表记。第三十三回“不肖种种大承笞挞”，忠顺亲王府派长府官到贾府向贾政索人，原因是忠顺王府里的优伶琪官（蒋玉菡）失踪，“这一城内，十停人倒有八停人都说：他近日和衔玉的那位令郎相与甚厚”，长府官并指出证据——宝玉腰所系之茜香罗。宝玉无法隐饰，只得承认蒋玉菡私自逃离忠顺亲王府，在离城外二十里紫檀堡置买房舍。二十八回宝玉与蒋玉菡见面互相表赠私物之后，至三十三回以前，两人“相与甚厚”的情节书中毫无交代，而三十三回由宝玉的招认，显现二人早已过往甚密，蒋玉菡似乎是为了宝玉而逃离忠顺王府，在紫檀堡置买房舍的。以《红楼梦》作者如此缜密的心思，不应在情节上有此重大遗漏，不知是否被后人删除，尚待红学专家来解答这个疑问。但三十三回已经说明，宝玉与蒋玉菡之间确实已发生过亲密的同性之爱。而宝玉因此被贾政大加笞挞，以致遍体鳞伤。一方面来看，固然是宝玉私会优伶的行为，是儒家礼教所不容，从另一个角度来看，这也象征宝玉与蒋玉菡缔结“俗缘”，宝玉承受世俗后，他的俗体肉身所必须承担的苦痛及残伤。书中，宝玉为黛玉承受精神性灵上最大的痛苦，为蒋玉菡却担负了俗身肉体上最大的创伤。就同性恋的特质而言，同性间的恋爱是从另外一个个体身上寻找一个“自己”（Self），一个“同体”，有别于异性恋，是寻找一个“异己”（Other），一个“异体”。如希腊神话中的纳西瑟斯，爱恋上自己的水中倒影，即寻求一种同体之爱。贾宝玉和蒋玉菡这两块玉的爱情，是基于深刻的认同，蒋玉菡犹之于宝玉水中的倒影，宝玉另外一个“自我”，一个世俗的化身。第九十三回，宝玉与蒋玉菡在临安伯府再度重逢，在宝玉眼里，蒋玉菡“鲜润如出水芙蕖，飘扬似临风玉树”，此两句话除形容蒋玉菡神貌俊美外，又具深意。“蒋玉菡”之“菡”字，菡萏、芙蕖都为荷花、莲花别名。宝玉最后削发为僧，佛身升天。荷花、莲花象征佛身的化身，因此，宝玉的“佛身”虽然升天，他的世俗分身，却附在了“玉菡”上，最后替他完成俗愿，迎娶袭人。佛经有云：“自性具三身，一者法身，二者圆满报身，三者千百亿化身。”蒋玉菡当为宝玉“千百亿化身”之一。

同回描述蒋玉菡至临安伯府唱戏，他已升为领班，改唱小生，“他也攒了好几个钱，家里已经有两三个铺子。”府里有人议论，有的说：“想必成了家了。”有的说：“亲还没有定。他倒拿定一个主意：说是人生婚配，关系一生一世的事，不是混闹得的，不论尊卑贵贱，总要配得上他的才能。所以到如今还并没娶亲。”宝玉听到，心中如此感想：“不知日后谁家的女孩儿嫁他？要嫁着这么样的人才儿，也算是不辜负了。”后来蒋玉菡唱他的拿手戏《占花魁》，九十三回如此叙述：

> 果然蒋玉菡扮了秦小官，伏侍花魁醉后神情，把那一种怜香惜玉的意思，作得极情尽致。以后对饮对唱，缠绵缱绻。宝玉这时不看花魁，只把两只眼睛独射在秦小官身上。更加蒋玉菡声音响亮，口齿清楚，按腔落板，宝玉的神魂都唱得飘荡了。直等这出戏煞场后，更知蒋玉菡极是情种，非寻常脚色可比……

《红楼梦》作者善用“戏中戏”的手法来点题，但红学家一般都着重在十八回元春回家省亲，她所点的四出戏上——“豪宴”“乞巧”“仙缘”“离魂”。因为“脂本”在这四出戏下曾加评语，认为元妃“所点之戏，伏四事，乃通书之大过节，大关键”。这四出戏出自《一捧雪》——伏贾家之败，《长生殿》——伏元妃之死，《邯郸梦》——伏甄宝玉送玉（俞大纲先生认为“仙缘”影射贾府抄家，宝玉悟道，更为合理），《牡丹亭》——伏黛玉之死。这几出戏暗示贾府及其主要人物之命运固然重要，但我认为九十三回蒋玉菡扮演之《占花魁》对《红楼梦》之主题意义及其结局具有更深刻的涵义。此处涵义可分二层。首先，中国所有的爱情故事里，恐怕《醒世恒言》中的小说《卖油郎独占花魁》中秦小官对花魁女怜香惜玉的境界最接近贾宝玉的理想。出身贫苦天性淳厚的卖油郎秦重，因仰慕名妓花魁娘子，不惜节衣省食，积得十两银子，到院中寻美娘（花魁的妓名）欲亲芳泽，未料是夜花魁宴归，大醉睡倒，小说如此描写秦小官伺候花魁女：

> 酒醉之人，必然怕冷，又不敢惊醒她。忽见栏杆上又放着一床大红纻丝的棉被，轻轻的取下，盖在美娘身上，把灯挑得亮亮的。取了这壶茶，脱鞋上床。捱在美娘身边，左手抱着茶壶在怀，右手搭在美娘身上，眼也不敢闭一闭……

等到花魁真的呕吐了，他怕污了被窝，就让她吐在自己新上身的衣袍袖子里，整理了腌臜酒吐后，“依然上床，拥抱似初”，直到天明，秦小官并未轻薄花魁女。秦重对花魁这种由爱生怜之情，张淑香女士认为近乎宗教爱，秦重以自己身上的衣物去承受花魁吐出的秽物，这个动作实含有宗教式救赎的意义，包纳对方的不洁，然后替她洗净——花魁乃一卖身妓女，必遭尘世污染。而贾宝玉本人在七十七回“俏丫鬟抱屈夭风流”中，面对奄奄一息的晴雯，亦是满怀悲悯，无限怜惜，恨不得以身相替；四十四回“喜出望外平儿理妆”，平儿被凤姐错打后，宝玉能为她稍尽心意，竟感“喜出望外”。宝玉前世本为神瑛侍者，在灵河畔守护绛珠仙草，细心灌溉，使之不萎。历劫后堕入凡尘，在大观园内，宝玉仍以护花使者自居，他最高的理想便是守护爱惜大观园中的百花芳草（众女儿），不让她们受到无情风雨的摧残。宝玉自己本为多情种子，难怪他观看蒋玉菡扮演秦重，服侍花魁，“怜香惜玉”，“缠绵缱绻”，会感到“神魂飘荡”，而称蒋玉菡为“情种”了。“秦重”与“情种”谐音，因此，《占花魁》中的卖油郎秦重亦为“情种”的象征。贾宝玉跟蒋玉菡不仅在形貌上相似，在精神上也完全认同，因为蒋玉菡扮演的角色秦重——情种，也正是宝玉要扮演的。贾宝玉与蒋玉菡这两块玉可以说神与貌都是合而为一的。

《占花魁》这出戏对《红楼梦》的结局还有更深一层的涵义，因为这出戏亦暗伏蒋玉菡与袭人的命运结局。袭人姓花，并非偶然，在某种意义上，花袭人的命运与花魁女亦相似，宝玉出家，贾府败落，袭人妾身未明，她的前途也不会好，鸳鸯为众丫鬟之首尚不得善终，袭人的命运更不可卜。卖油郎秦重最后将花魁女救出烟花火坑，结为夫妇；《红楼梦》结尾时，蒋玉菡亦扮演秦重的角色将花袭人——花魁女，救出贾府，完成良缘——这，也是宝玉的心愿，他在第二十八回“蒋玉菡情赠茜香罗”，早已替二人下了聘。事实上宝玉在俗世间，牵挂最深、俗缘最重的是袭人而不是旁人。一般论者把《红楼梦》当作爱情故事来看，往往偏重宝玉—黛玉—宝钗的三角关系，其实宝玉—蒋玉菡—花袭人三人的一段世俗爱情可能更完满，更近人情。前文已论及宝玉与黛玉的木石前盟是一段“仙缘”，一段神瑛侍者与绛珠仙草的爱情神话，黛玉早夭，泪尽人亡，二人始终未能肉身结合。而宝钗嫁给宝玉时，宝玉失玉，失去了本性，已经变成痴人。书中唯一一次叙述二人行夫妻之礼，宝玉只是抱着补过之心，勉强行事，两人除却夫妻伦常的关系，已无世俗之情——宝玉不久便勘破世情，悟道出家了。而事实上，在《红楼梦》众多女性中，真正获得宝玉肉体俗身的只有袭人，因为早在第六回，宝玉以童贞之身已与袭人初试云雨了，袭人可以说是宝玉在尘世上第一个结俗缘的女性。袭人服侍宝玉，呵护管教，无微不至，犹之于宝玉的母、姊、婢、妾——俗世中一切女性的角色，袭人莫不扮演。二人之亲近，非他人可比。王夫人、薛宝钗在名分上虽为宝玉母、妻，但同为亲而不近。袭人，可以说替宝玉承受了一切世俗的负担。三十回结尾，宝玉第一次发怒动粗，无意中踢伤的，竟是他最钟爱的袭人，踢得她“肋上青了碗大的一块”，以致口吐鲜血。宝玉与蒋玉菡结俗缘，为他被打得遍体鳞伤；而袭人受创，也是因为她与宝玉俗缘的牵扯所必须付出的代价。一百十七回“阻超凡佳人双护玉”，无怪乎袭人得知宝玉要将他那块失而复得的通灵宝玉还给道家仙人时(还玉便是献身于佛之意)，她急得不顾死活抢前拉扯住宝玉，不放他走，无论宝玉用力摔打，还是掰开袭人的手，袭人犹忍痛不放，与宝玉纠缠不已。二人俗缘的牵绊，由此可见。最后宝玉出家，消息传来，“宝钗虽是痛哭，她那端庄样儿，一点不走”，而袭人早已心痛难耐，昏厥不起了。宝玉出家，了却尘缘，他报答父母的，是中举功名，偿还妻子宝钗的，是一个儿子，完成传宗接代的使命。那么，他留给花袭人的是什么呢？一个丈夫。蒋玉菡与花袭人结为夫妇，便是宝玉在尘世间俗缘最后的了结。

一部小说的结尾，最后的重大情节，往往是作者画龙点睛，点明主题的一刻。一般论者皆认为第一百二十回宝玉出家是《红楼梦》的最后结局，亦即说佛道的出世哲学得到最后胜利，因而有人作出结论——《红楼梦》打破了中国传统小说大团圆的格式，达到西方式的悲剧效果。这本小说第一回“甄士隐梦幻识通灵，贾雨村风尘怀闺秀”到第一百二十回“甄士隐详说太虚情，贾雨村归结红楼梦”，开场与收尾由甄士隐与贾雨村这两个寓言式的人物“真”“假”相逢，儒道互较，作为此书之楔子及煞尾，除此之外，其写实架构最后一节其实是蒋玉菡迎娶花袭人，此节接在宝玉出家后面，实具深意。一方面宝玉削发出家，由一僧一道夹着飘然而去，宝玉的佛身升天，归彼大荒，归于青埂峰下。而他的俗身，却化在蒋玉菡和花袭人身上——二人都承受过宝玉的俗缘，受过他肉体俗身的沾润——宝玉的俗体因而一分为二，借着蒋玉菡与花袭人的姻缘，在人间得到圆满的结合。宝玉能够同时包容蒋玉菡与花袭人这一对男女，其实也是因他具有佛性使然。佛性超越人性——他本身即兼有双性特征，本无男女之分，观世音菩萨，便曾经过男女体的转化。宝玉先前对秦氏姊弟秦可卿、秦钟的爱恋，亦为同一情愫。秦可卿——更确切地说是秦氏在太虚幻境中的替身、警幻仙姑之妹兼美——以及秦钟，正是引发宝玉对女性及男性发情的人物，而二人姓秦（情）又是同胞，当然具有深意，二人实是“情”之一体两面。有了兼美的引发在先，乃有宝玉与袭人的云雨之情；有了秦钟与宝玉之两情缱绻，乃有蒋玉菡与宝玉的俗缘缔结。秦钟与卖油郎秦重都属同号人物，都是“情种”——也就是蒋玉菡及宝玉认同及扮演的角色。

因此，我认为宝玉出家，佛身升天，与

蒋玉菡、花袭人结为连理，宝玉俗缘最后了结——此二者在《红楼梦》的结局占同样的重要地位，二者相辅相成，可能更近乎中国人的人生哲学，佛家与儒家、出世与入世并存不悖。事实上最后甄士隐与贾雨村——道家仙人与书生——再度重逢，各说各话，互不干犯，终究分道扬镳。《红楼梦》的伟大处即在此，天上人间，净土红尘，无所不容。如果仅看到宝玉削发出家，则只看到《红楼梦》的一半，另一半则借下一节结尾时，有了新的开始。作者借着蒋玉菡与花袭人完满结合，完成画龙点睛的一笔。这属于世俗的一半，是会永远存在的。女娲炼石，固然情天难补，但人世间又何尝没有其破镜重圆之时。一悲一喜，有圆有缺，才是真正的人生。蒋玉菡与花袭人最后替贾宝玉完成俗缘俗愿，对全书产生重大的平衡作用——如果这个结局不重要，作者也不会煞费心机在全书中埋下重重伏笔了。

事实上以《红楼梦》作者博大的心胸未必

满足于小乘佛法独善其身的出世哲学。宝玉满怀悲悯落发为僧，斩断尘缘，出家成佛，但大乘佛法菩萨仍须停留人间普度众生。蒋玉菡最后将花袭人迎出贾府，结成夫妻，亦可说是作者普度众生悲愿的完成吧。这又要回到《占花魁》这出戏对全书的重要涵义了。前述《卖油郎独占花魁》，秦重对花魁女怜香惜玉的故事近乎宗教式的救赎，作者挑选这一出戏来点题绝非偶然，这不只是一则妓女赎身的故事，秦小官至情至性以新衣承花魁女醉后的秽吐，实则是人性上的救赎之举。秦小官以至情感动花魁女，将她救出烟花，同样，蒋玉菡以宝玉俗世化身的身份，救赎了花袭人，二人俗缘，圆满结合，至少补偿了宝玉出家留下人间的一部分憾恨。佛教传入中土，发扬光大乃有大乘，而大乘佛法入世救赎，普度众生的精神，正合乎中国人积极入世的人生观。

原载于一九八六年一月《联合文学》杂志第十五期

文学相对论：

白先勇 vs. 奚淞

孽子、哪吒与贾宝玉，以及白光的歌、昆曲的美

四之一 ——孽子：爱与死

什么是戏剧的规矩?

奚 那一天看到《联合报》头版上，怎么白先勇看彩排自己也哭了？《孽子》的首演满惊人的，上半场的表演又是歌又是舞，又有很长的念白和杂技。落幕时，坐在我身边的编舞者吴素君激动地倒在我肩头，再一看坐在我前排的导演曹瑞原也哭了，我觉得整个剧场被颠覆了。这些年来，没看过戏剧院里那些西装革履的观众，会彼此传递卫生纸。包括导演、编舞，全部哭成一团。全世界有没有人看到“杂技”会哭的？这在历史上可能是绝无仅有的。

这碰触到戏剧的核心问题，到底什么是戏剧的规矩呢？这么多年来，我看到大家遵守剧场的规矩，穿得规规矩矩，坐在戏院里认真看戏，不准咳嗽、不可擤鼻涕、不可以乱动。很多人来剧院看戏，因为他们代表一种阶级，而中下阶层是不会到剧院看戏的。这些社会精英人士形成一种看戏的形态，他们太规矩了，失掉中国剧场原有的活泼性。我小时候看平剧，随时可以叫好的，但我们现在被训练得很有规矩。《孽子》的剧场开始回归传统剧场，就像早年的“国军文艺中心”，大家盛装出席，可是很活泼。观众可以鼓掌、流泪、喝彩，主动参与戏剧的所有情境。

白　我制作过很多戏，《孽子》是最奇怪的一部。我对自己的东西那么熟，看《孽子》竟然还会哭，这太奇怪了。我没那么容易掉泪，但我看了八场，却场场都哭。这部戏有一股气场，让老中青观众都哭，男孩哭，女孩也哭，没看过一部戏让全场的人这么哭。

郭珊珊这么理性的人，看到中场却变成泪

人一个，她指着龙子和凤子说，“这就是爱情”。

奚 这种气场，我只有在禅修班体验过。只有修行到了一个境界，慈悲的心大开，大家才会互相传卫生纸。

拿龙子和凤子在新公园莲花池畔的“情杀”来说，爱情与死亡，是生命中最强烈、高潮的东西，《孽子》用舞蹈和特技展现，推演到最高点，这在舞台上相当少见。演凤子的张逸军舞蹈系毕业，曾是太阳剧团的杂技演员。他靠自己揣摩，没有一句对白，靠操作表现强烈的感情。他没有任何因袭的东西，却把可以是很粗暴的谋杀与狂烈的爱情，提升到一个吓人的层次。

现代戏剧很黑色，不敢表现善良

白 “情杀”这一段无法用文字表达，只能用舞蹈表达。话剧用舞蹈、独白，这是我想的，没想过效果是这样。我曾经看英国作曲家 Benjamin Britten 改编《威尼斯之死》为歌剧，也是一句对白都没有，用唱歌、舞蹈的方式表现。我想，跳舞加独白，也是一种创新的表现形式。

奚 这一段就像公孙大娘舞剑。

白 爱与死的题目，电视上处处可见，但大家无动于衷。然而《孽子》用这么特殊的形式，牵动大家心中超越性别的情。

张逸军演凤子是拼了命的。他演“情杀”这段舞蹈时半裸，把丝带绑在身上。他从丝带上滑下来时，丝绸就像刀一样刮伤他的肉，还用刺了青的身体在水池上翻滚。他伤得很重，却一句抱怨都没有。

电视、电影上演的“情杀”，都很难看、不美。张逸军说他不会演，但他不必演，他本人就是天生的凤子。他对生命的感应，相当敏感，拥有一种天真。他来听我在台大开的课《红楼梦》，说阿凤就像是林黛玉，把眼泪还给宝玉。

奚 他不用语言，用身体表达感情，这点和男主角龙子配得刚刚好。

白 有人说这出戏的龙子动作有点僵硬，但小说中的龙子就是这样一个人，他的激情到了一个极限。他被阿凤扯来扯去，虽然杀死阿凤，自己才是一个受难者。

奚 现代的戏剧很黑色，它不敢表现善良，表现善良时会觉得很害羞，表现黑暗却觉得正大光明，这也是现代人的问题。但《孽子》虽然表现社会的黑暗面，却给予善意和温暖的包容，对生命充满期望。

人伦是这么陌生的事!

奚 《孽子》之所以感动人，是把个人的特殊事件提升到一种生命的“天问”，提出一个针对全人类的核心问题。这出戏用了许多年轻演员，他们用天真的方法，演这出你以为黑暗的戏。最后以自己的纯真，抵达了这样一个高度，成为一个传奇。

白　如果问观众为什么掉泪？每个人答案都不同，各取所需。

奚　《孽子》触动各种类型的情感，观众“借他人的灵堂，哭自己的沧桑”，每个人找到自己的哭点。

白　父子情、兄弟情、爱情，各种情都在里头。

奚　《孽子》其实也在谈一个被遗忘的重要议题：天伦。中国原本是礼仪之邦，讲伦理治国；但到了现在，人伦是这么陌生的事。但《孽子》唤起人伦的情感，老人对子女的爱，现在没人这么表现。

白　《孽子》用一种全新的形式讲“人伦”，这是现代人不敢面对的问题，所以有些人会害怕，现在谁敢讲父爱、母爱。

奚　因此大家莫名地被触动，这是被遗忘已久的重要东西。大家是用眼泪来投票，感动了却说不出来为什么，这却回复到活泼的剧场传统。

白 大家没准备，猛不防被戳动了。

一部戏如果没有一点冷场、沉闷，是假装的

奚 有人批评这部戏独白太多太长，说太多话，对不起，这才是传统大戏。现代人受广告影响，直接诉诸感官，没耐心好好听别人说话。一部好戏如果没有一点点冷场、沉闷，这是假装的，因为生命就需要让你安静下来沉思，进入状况。戏剧不能老是刺激、兴奋，一定要有些地方让你停下来沉思。这出戏巧妙就在这里，它有时很热闹、好玩，但有时让你停下来沉思，关怀戏中人物的脉络。

白 莎士比亚最精彩的戏都是独白，《哈姆雷特》《麦克白》《李尔王》……都是独白。

奚 《孽子》中的念白继承京剧的传统。他不仅要演这个角色，还要向观众告白、说明

这件事，这是最古典的。

戏里的阿青说了许多白先勇式的独白，负担白先勇的叙事方式。有人觉得他啰哩吧嗦，但我觉得他好极了。

白 阿青的低调独白，诠释得相当好。

奚 《孽子》这部戏什么都有，将独白、舞蹈、杂技和歌星献唱，全都融进舞台里。有人说这是大杂烩，我却觉得这就是人生。

生命本身是酸甜苦辣、生旦净末丑的一种圆满，一切东西都可以在舞台上呈现。生旦净末丑，是中国人独特的戏剧美学。中国戏剧不是一味地悲、一味地喜，而是悲喜之间一种平衡，这才是生命真正的滋味。生旦净末丑代表中国人对人生的一种态度和观点，在《孽子》这部戏里，彻底地实现了。

《孽子》实现了这种圆满，但它不是单纯地承袭旧有的传统，它是真正的文艺复兴，把中国演变了一千多年的戏剧，在舞台上呈现。生旦净末丑、悲剧和喜剧可以一起演。一悲一喜，轮流在舞台上呈现。

踏雪寻梅，是民国以来的感动

奚 唐美云把这出戏的劲道拉起来，没有她，年轻小孩的味道也不对了。

白 杨宗纬的歌也唱得相当好，唱得好揪心。陈小霞写的《莲花落》有点像歌剧，我告诉她，这歌可像《蝴蝶夫人》那样写，音乐往上拉。

主题曲《踏雪寻梅》，代表这部戏的核心精神：每个孽子都在踏雪寻梅。当音乐一起来，我听见用童声唱的《踏雪寻梅》，内心充满感动。

奚 不只孽子，每个人都在踏雪寻梅。这是一种民国以来的感动，我们对未来世界充满希望，相信走过这段路，便会走到一个美好的世界。

白 非常“五四”，非常三十年代，像黄自、刘雪庵谱写的曲子。

奚 这种“五四”精神，是想透过一个新时代的改变，让中国传统中最好的部分恢复青春。

白 《孽子》讲的是黑暗王国，里头却是对青春的向往。北艺大的演员，为这出戏带来青春希望，形成此剧一大特色。

奚 年轻演员用他们的纯真无邪去体验，却为中国明清以来的戏剧传统，带来一次文艺复兴。

四之二——三个孽子：哪吒、贾宝玉和龙子

人的生命就像种子

奚 多年前我母亲生病。深夜我坐在母亲病床

前，拿起白报纸写《哪吒》，笔下文字就像一串珍珠，一颗牵动一颗。一夜之间，我把对文学的向往倾泻而出，经历写作的狂喜。发表后，我从此不再看这篇作品，再也抓不住这种感觉，转到巴黎念美术。这篇小说成为我的弃婴，一弃就是四十年。（按：《封神榜里的哪吒》初刊于一九七一年九月白先勇主编的《现代文学》杂志）

白溪 没想到，奚淞和哪吒其实结了一辈子的缘。母亲去世后，我一直在佛法中摸索。我画了三十年的观音，画观音对我来说就是禅修。几个月前，我画了一尊观音，身体趺坐，侧身看着岸边一朵莲花。我画观音时，觉得人生真是奇妙。我当年写《哪吒》的头尾，是哪吒的师父看着岸边的莲花，说哪吒就是莲花化身。我那时怎知道，四十年后我居然摸索佛学还在画这朵莲花。

人初生的生命就像种子，努力迸发萌芽时，可能会预见到未来的样子。我觉得先勇年轻时所写的小说就是这样，他写的世界不是年轻人所认识的世界，而是他用生命爆发出来，所看到的世界。

去年（二〇一三年）我接到《文讯》杂志的信，希望我捐一些书画义卖，我准备捐这幅观音像。第二天早上，我骑着脚踏车经过一间庙，发现庙前的垃圾堆里放了一尊木雕。一看，竟然是哪吒。庙里的人说不是他们的，我便将神像放在车篮中带回家。洗去尘灰后，发现这尊木雕年代悠远，可能是出自大陆唐山雕刻师傅之手。

上网查资料，才发现三太子在台湾很红。传说《封神榜》里的哪吒，是托塔天王李靖的儿子，因为误杀龙王之子，龙王到玉皇大帝前告状。李靖回去教训儿子，哪吒回道：我来到这世上不是自愿的，既然犯了天条，我便剔肉还骨，偿还这罪便是了。但网络上一直追问：哪吒是不是印度人？原来哪吒的身世也一直有学者在探究。我这才知道，哪吒是唐代大乘佛教盛行时，随印度神话一起进入中土。哪吒原本是护持佛法四大天王中北方毗沙门天的第三个儿子，这个故事后来演化成道教的神话，哪吒也成为道教最年轻的神，在台湾被普遍信仰。我在这里找到哪吒和佛教的渊源。

难怪我老觉得“剔肉还骨”不是中国的故事。中国人讲身体发肤受之父母，不会编出这么离谱的故事。我还请印度的师父帮我查，他说这也是一个印度遗失的神话故事，但经典的确记载毗沙门天有个名叫那吒俱伐罗的儿子。再继续追查下去，才赫然发现《普门品》中谈到观世音菩萨的变化身时，毗沙门天也是观世音菩萨的化身之一。阿弥陀佛和观音是中国人最重要的信仰，尤其观音代表慈悲心，被中国人逐渐转化成女性，以一个母亲的性格出现。进入历史期的人类社会是一个由男神主宰、表面理性却充满了战争和经济掠夺的社会，底下却潜藏着爱与慈悲的女神所支撑的不可思议的世界。其实，早在石器时代就是一个女神的社会，却被人类文明压制下去了。

三十年来，我追寻母亲慈悲的容颜，走了这么大一圈，从哪吒找到观世音菩萨。我这三十年，就像认祖归宗，又像苦儿流浪记，终于找到家门。

我家中供奉哪吒像，上面是他父亲毗沙门天，底下供着《妙法莲华经观世音菩萨普门品》，里头记载观音可以化身为毗沙门天的经文。下面有一张照片，是我捐给《文讯》拍卖的“观莲菩萨”，旁边有一张三太子当初被弃置时蒙在脸上的红纸。底下写着“花开证法，归根成静”偈句，意为莲花的开放象征着觉悟，当他认识自己的本源时，心里是安静的。哪吒虽然脚踏风火轮、拿着武器，只要找到本源，心里却是沉静的，因此我画的哪吒，手里拿的不是武器，是一朵莲花。

文学最高的境界就是宗教的境界

白 像哪吒对奚淞一样，《红楼梦》对我来说也是一生一世。我九岁在上海听广播电台讲《红楼梦》，看红楼梦的连环画、小人书，还集了好多贾宝玉、林黛玉的公仔牌。我退休前教了二十九年的书，以为自己可以不再教书了，没想最近因缘际会，又在台大开《红楼梦》课程。

现在的年轻人，很少人愿意从头到尾好好读《红楼梦》。这本书是“天书”，不能不看的。我上课讲到贾宝玉出场时，说他戴了一身装饰，“面若中秋之月，色如春晓之花”，长得就像是神的样子。我到奚淞家看到三太子的神像，一惊，这不就是贾宝玉!

贾宝玉是神瑛侍者，到贾家十九年还满俗缘便走了。他就像哪吒转世，离开也像哪吒剔肉还骨，肉身给贾府留下一个孩子和功名，佛身则走了。

哪吒和贾宝玉，都是中国神话文学中的孽子系列。他们都是叛徒。哪吒是天庭的叛徒，儒家社会容不下贾宝玉。他们被制式社会赶除，遭到流放的命运，不同的是贾宝玉选择的是自我流放。

奚 贾宝玉非常敏感，他经历大观园中众生的悲苦，这不就是白先勇吗？

白 《红楼梦》在某方面就像是《佛陀传》，宝玉就像悉达多太子，经历生老病死。

奚 悉达多太子的敏感，跟他从小失去母亲有关。他的母亲摩耶夫人，在莲花池边生下悉达多，七天后便去世。他的生命中有一种惘惘然的缺失没有补上，让他会去关怀世间的苦。

白 悉达多太子、耶稣和贾宝玉，他们都看尽世间的苦，想要找一种救赎。

奚 他们想翻转这种苦，苦成为一种入道之门，借苦去看生命的真相。一般人养尊处优，没有这种敏感去体悟生命之苦。

白 救赎一直是文学的主题。我在《孽子》中写龙子也是如此，他死过一次回来后，想在阿青、跛脚小孩的身上，找回生命的救赎。

奚 生命的大痛不止会通到文学的深处，也会提升至宗教的境界，这也是连结宗教和哲学、文学之处。

白 文学要达到很高的高度，必须观照整个人生，必须跟宗教有所结合。文学最高的境界，也是宗教的境界。

《红楼梦》对女性的尊重，没别的小说比得上

奚 很少有一部文学可以像《红楼梦》一样，

把世间的繁华盛景，架构在宗教、神话的结构之下。

白　《红楼梦》用灿烂华美的文字，表现“空”的哲学，一片白茫茫大地真干净。

奚　年轻时看到《红楼梦》结尾，贾宝玉穿着大红猩猩斗篷在雪地中匆匆四拜，会感到一种惆怅，那是因为年轻的心对堆金砌玉的世间繁华还有留恋。现在活到一把年纪，开始感到浮生若梦，梦不是假的，而是把真实的东西翻过来，让你看到真相。现在再读贾宝玉雪地四拜，不再感到悲怆，而是看到一种开悟的境界。《红楼梦》不是追忆似水年华，而是把有和无翻转过来，把一切现象翻转给你看清它们是空性的。

白　奚淞的画室有一个对联：“天地同流，眼底群生皆赤子；千古一梦，人间几度续黄粱”，我在台大开课时，就用这副对联来说《红楼梦》的境界。

奚 这是在丝路张掖古庙里的对联。我们一群人走丝路时，一位学佛的朋友突然有了灵感，领头带我们进入一间斑驳美丽的古庙，里头有一座卧佛。庙里的对联都是斑驳不清，只有这对是清楚的。它是当年西夏国的对联，但用的是中文。在戈壁沙漠那种茫茫然的天地线下前进，你会产生“天问”：问天地之间我的存在是什么？人们在黄沙中不断追逐地平线，永远不会抵达，就像世间人都在寻找幸福，却永远不会找到。我们都活在时间和空间的幻觉中，就像斯特林堡的《梦幻剧》或伯格曼的电影《芬妮与亚历山大》里所传达的精神。

白 就像汤显祖在《牡丹亭》中所言，梦中之情，未必非真。

奚 《红楼梦》一开场便出现“女娲补天”的故事。这是一个女神，一个远古石器时代母系社会残留的神话。曹雪芹在大观园的女性中寻找爱的本质，是一种“女性”的探寻，就从女娲补天开始。

人类文明的表象世界，是一个理性逻辑的社会，充满政治、经济、战争和掠夺，得靠女性来扭转。就像天庭男神吵架把天柱弄断了，要找女娲来补天，因此永远会有一个“大地之母”的神话。

白　《红楼梦》跟《水浒传》所代表男性的世界，形成两种极端。《红楼梦》对女性的尊重，没有别的小说比得上。

奚　《孽子》里围着新公园团团转的一干主角，都在追寻父亲的认同，但他们所踏的土地，却是清代天后宫的遗址，供奉女神妈祖。

白　“亲子”之间的关系很神秘的，父母给你生命，中间却是一连串问号。龙子这么怨他父亲，根源是对自己存在的惶惑与追寻。

奚　“孽子”代表生命中的受伤与受苦的人，以及他们生命的可能性，他们所发出的“天问”与可能的翻转。在这点上，我和先勇很能共鸣。

白 我虽然没有研究宗教，但心境上却是。我对佛教的兴趣，便来自《红楼梦》给我的文学的引导。

四之三——白光：时代的歌声

唱出战后人类心灵的沧桑

奚 我跟先勇认识时，他正在写《台北人》，包括《一把青》《永远的尹雪艳》，《一把青》直接用了白光唱的《东山一把青》歌词。那个时代，大街小巷播的都是周璇、白光的歌曲。她们的歌声，是我们生命中最重要的声音。

白 那时候没有电视，只有收音机。第二次世界大战后，白光的歌声响遍中国，尤其是上海。

奚　在那样剧烈变动的时代，总会出现一种歌声，传递出既颓废又深情的时代情感，这种歌声只会在都市文明成熟发展的城市中出现。如柏林的玛琳·黛德丽（Marlene Dietrich）、巴黎的琵雅芙（Edith Piaf），她们的歌声流露女性受到创伤后的坚强，知道朝不保夕，又有一种颓废。

白　她们的歌声唱出战后人类心灵的沧桑、都市文明的颓废。只有在巴黎、柏林、上海这种遭战火洗礼的大城市，一切都烧完了只剩下废墟，才会出现这种歌声。她们的歌也可以说是挽歌，对时代与生命致哀的挽歌。

奚　我喜欢她们的歌声，多少是因为父亲。他们那一代的所有家当在大陆一放就没了，漂洋过海，流离失所。我从父亲的收音机中认识了白光的歌声。

我们这一代跟着父母来到台湾的人，有一

种“失乐园”的情怀，觉得有什么东西失落在大陆了，到底失落了什么，勾起我们的探寻。

白光的歌是父亲那一代人流露情感的方式。他们会有78转的老唱片，放着白光的《我等着你回来》，因为太太或情人就在大陆等着。我们没见过那个时代，只是透过这些歌曲观望、想象那一个时代。我认识白先勇后，发现他竟然认识白光。

楼上住着李丽华，巷子口住着白光

白 一九五〇年我到香港，住在尖沙咀，那时候上海的难民都住在这。我的邻居许多是上海的明星，楼上住着李丽华，巷子口住着白光。我第一次见到白光是在理发院，她为理发院——那家理发院就叫“白光”——剪彩。她是一个好玩、潇洒的人，对那些理发师说“来来来照相吧”，完全没有大明星的架子。

奚　有人问白光，她的艺名是怎么来的。她回答，我拍电影，电影不就是一道白光吗？她来台湾，记者问她，为什么老把“魂萦旧梦”唱成魂“荣”旧梦，她说，啊，我一直以为是魂“荣”旧梦。白姐儿非常有意思，很豪气。

我第一次听白光唱歌，是白先勇的二哥白先德带我去的。那一年她在高雄的蓝宝石大歌厅首演，灯光打下去，白光穿着全身都是花的长旗袍，一束光照在身上，幽幽开嗓：“我爱夜，我爱夜”，全场起立致敬，对她与那一个时代。

“我爱夜 / 我爱夜 / 更爱皓月高挂的秋夜 / 几株不知名的树 / 已脱下了黄叶 / 只有那两三片 / 那么可怜 / 在枝上抖怯 / 它们感到秋来到 / 要与世间离别……”天啊，“几株不知名的树”，把那一代的感情完全写出来了。《秋夜》的歌词这么简单，却马上碰触到深刻的情感。那个时候的歌曲和诗词没有断绝，《秋夜》虽然是白话文，但歌词充满了诗意。

听完白光唱歌，我和白二哥跑到后台，想唱白光的歌给白光听。我和白二哥站在她面前唱《魂萦旧梦》，白光眼睛瞪得好大。

歌声带给白先勇创作的灵感

白 她曾拍过一部好红的电影《血染海棠红》，《一把青》就来自那部电影的插曲。没有她的《东山一把青》，就没有我的《一把青》。我在香港的快乐戏院里看《血染海棠红》。那时的大明星都会随片登台。只见白光头上插着花，穿上大红旗袍，手一挥就唱了，一边跳舞一边唱歌。

“今朝呀鲜花好 / 明朝呀落花飘 / 飘到哪里不知道 / 郎呀寻花要趁早啊 / 唉呀哎哎哟 / 郎呀寻花要趁早啊 / 今朝呀走东门 / 明朝

呀走西口 / 好像那山水往下流 / 郎呀流到几时方罢休……”（《东山一把青》）如果没有经过战争、死亡与飘零，歌声里不会沉淀这种沧桑的情感。

奚　她们就像永不屈服的女神，虽然粉身碎骨，依然不屈不挠，象征永恒的母性，拥有一种女神的本质。

白　这种歌声男生唱不出来的。我曾问过白光，喜不喜欢玛琳 · 黛德丽和琵雅芙，她说：我就喜欢她们两个。

奚　白光用歌声，抓住了白先勇小说中女性的原型。

白　我并非以白光为原型创造角色，而是她的歌声带给我创造角色的灵感。如果我的小说中有沧桑感，那种沧桑感跟白光的歌声是一样的。

奚　这是一种灵感的原型。当你塑造出一个角色时，心中会有一种感觉、直觉。

白　就像母亲唱安眠曲安慰孩子听，白光用沧桑的歌声，安慰这些饱受战乱流离的人。

她演的不是戏，而是人生

白 二十世纪八十年代，我曾跟白光在香港海边散步。我问她最喜欢哪一首歌，她说是《我要你》。

奚 “我要你 / 伴在我身边 / 厮守着黑夜 / 直到明天 / 我要你 / 伴在我身边 / 忘却了烦忧 / 互相慰安 / 夜长漫漫 / 人间凄寒 / 只有你能 / 带给我一点儿温暖……”“一点儿温暖”，就是那个时代的感觉。

这首歌把那个时代朝不保夕，万事明天化为云烟，过了今天可能没有明天的氛围，唱了出来。看过费雯·丽（Vivien Leigh）和罗伯特·泰勒（Robert Taylor）演的电影《魂断蓝桥》就会知道这种感觉。一九九三年，七十多岁的白光与她最后一名情人颜良龙，在电影数据馆的高肖梅陪同下来到我家。我问她，怎么可以把《血染海棠红》中的坏女人演得这么好？她说：谁是坏女人？我就自自然然地演她。我这才明白了，后来李丽华也演过这个角色，她把她当作“坏女人”来演，她的演技很好，却不感动人。

白　还有《荡妇心》和《一代妖姬》，白光演得真是好。她演的不是戏，而是人生；她把人生演出来了，而不是做戏。白光唱歌也是，她不止唱歌，还唱出人生。

奚　在我眼中，白光是一尊敦煌菩萨，她那个高挑的方脸，分明就是一个敦煌菩萨。她的迷人之处，是超越了好女人、坏女人，进入一个女性的本质，拥有一个大悲心。她就像白先勇小说里的金大班，看到小舞女出事，一个钻戒就脱下来，送给小舞女了。

白　白光是时代之声。就像邓丽君用歌声安抚了飘零到台湾的人，白光抚慰了战后中国受伤的灵魂。

奚 邓丽君的歌声像大地回春，有一种生命温柔的喜悦，像新生的爱情。白光则是战争的沧桑，但底下也潜藏一种女性的抚慰，她也是一种地母型的人。

我在巴黎念书时，有一次电影中心要演《荡妇心》。那时巴黎的中国人老死不相往来，不大见面，听说要演《荡妇心》，嘿，到处都钻出中国人来了。结果电影中心的人说搞错了，要演的是《天下父母心》，不是《荡妇心》，引起观众群起抗议。那时我才明白，白光是秘密社会，天涯海角都会有白光迷，每个时代都会有白光的粉丝，因为她的歌曲已经超越了流行。

大家在欢乐的轻歌曼舞后，免不了会碰触到人生的沧桑、深刻的颓废，这时候就会碰见白光、琵雅芙，她们是流行中的古典。

白 白光的歌就是《台北人》的调子。她歌里的沧桑，就是《台北人》的沧桑。

奚 她的歌声已进入我们这一代的生命，成为性格中的一部分，永远不会消失。

四之四——昆曲的情与美：从青春版《牡丹亭》到新版《玉簪记》

捡来的生命，做未竟之业

白　在青春版《牡丹亭》之前，我制作过两次昆曲。一九八三年，我首次把昆曲搬上现代舞台，邀请徐露、高蕙兰演《游园惊梦》《春香闹学》。一九九二年，我又把华文漪请回台湾，与高蕙兰演《游园惊梦》。

二〇〇二年，我院子里养了一盆花，是云南来的“佛茶”，花比一个碗还大。有一天下午，我走到车房里去拿一袋土给佛茶，往上一搬，心脏感觉有一只手伸进来抓了一把，非常不舒服。我们家族有心脏病的遗传，我对这事很警惕，马上去看医师。到医院一做检查，医师脸变绿了，说你的心血管百分之九十九阻塞了，随时可能心脏病发作，简直命若游丝。他马上抓着我紧急开刀。

医生告诉我，命是捡来的。上天留我下来，应该是有未竟之业，我想是佛叫我做一点事，还是余生最重要的事。我想起了昆曲。

奚 人活到一个年纪，生命的痕迹会变得很清晰，好像找到一个脉络。你们别忘记先勇是白将军的儿子，他把领导军队的能力拿来做昆曲，大家有钱出钱，有力出力。

白 我把古兆申、樊曼侬、辛意云……最难弄的一群人都集在一起。有一天，我带着全队人马飞到苏州去开会，第一次会议开到晚上两点。那时是冬天，苏州漫天大雪，东山的梅花开了，艳得不得了。团队里都是浪漫得不得了的艺术家，大家想一早去喝酒，赏白雪中的梅花。他们认为我早上爬不起来。

我一听，说你们玩物丧志，这个节骨眼还有心情去赏梅。第二天我一早就爬起来，准时九点开会。现在回头看，还好没去赏梅，不然肯定军心涣散。

冥冥中有一股神秘的力量，要我做青春版《牡丹亭》。这是连续三天的戏，我请来两岸最到顶的艺术家打造，却大胆启用两名新人演柳梦梅和杜丽娘。多少次要倒下去了，总会出现一只手扶起。

我们自己的表情、美感是什么？

奚　你做了一个时代需要的事情，不知不觉便会引动很多人的心汇聚起来，就像大家会去护持宗教一样。

青春版《牡丹亭》造成一种典型，也是一种呼唤，让拼命学习现代化而失去自己表情的中国人开始思考：到底我们自己的表情、美感究竟是什么？就像我的恩师俞大纲说："让我们倾听祖先的脚步声。"想到了我们自己的传统。

白 可能激起了大家对文化的使命感，因此有一种宗教的情操。中国文化衰微了这么久，这是我们的隐痛。

奚 《诗经》三百，第一首便是"关关雎鸠，在河之洲；窈窕淑女，君子好逑"，试图从人情之常去建立一个理想中的社会。历代有许多大师在纲常混乱之际，都想重新探触这份"人情"，如唐代的李商隐、明代的汤显祖等，到了今天也有我们的文学家白先勇。他们想用真情摇醒大家的麻木，这个至情至性，也就是传统中国人建构人文社会最重要的东西。

青春版《牡丹亭》不只是一部言情戏剧，它背后反映了深受礼教束缚的明代社会，汤显祖应运而出，以至情至性破除社会普遍的麻木状态、政治的昏聩。在四百多年前《游园惊梦》中大胆的做爱戏，居然庄严堂皇，像一个宗教仪式，这恐怕是举世所无的。

白 它是宇宙性的做爱。

奚 盛装的少女走到庭园，开始唱“袅晴丝，吹来闲庭院”。春光大好时，你会看到神秘的蜘蛛吐出看不见的丝，爬到高处乘风而飞。汤显祖开宗明义说，“情不知所起，一往而深”，看不见的晴天的丝，突然让你生起情愫。

杜丽娘与柳梦梅在太湖石旁做爱，一旁是十二花神共舞，还有梦神。用天地神明来烘托人类的做爱，生命从此奠基。这样的戏剧表现让我们想到情与美如何和天性相应，结构成合理的人伦文明。

白 这是一个宗教的象征、仪式。它把《牡丹亭》从言情戏拉高层次，成为神话和寓言，对人生和情的寓言。大家都能从中找到共鸣。

“情与美”唤醒社会的麻木

奚 汤显祖是中国少有的奇才，他想用情与美、华丽灿烂的舞台形式来改革中国社会。南京大学教授刘俊写白先勇传记，也用“情与美”为书名。在混乱的时代，需要用情与美，唤醒整个社会的麻木与昏聩。

白 十年前青春版《牡丹亭》（二〇〇四年）时，中华民族正处于需要救赎的时候，“文革”后一片废墟，处于文化认同的十字路口，非常茫然。这部戏演了二百三十多场，走了三十多所大学，从兰州演到西安、桂林，这些地方从来没看过昆曲。在很多大学演出时造成轰动。因为，这部戏找到表现中国人表情的方式，以中国最美的形式，表现中国人最深的感情。

奚 青春版《牡丹亭》也为中国找到文化的尊严。

白 中国在十九世纪失魂落魄，表情不会了，眉来眼去也不懂了。

奚 我们学了太多西方的表情，忘记了自己的表情。

白 “情与美”是救赎中国的两种力量。我们累积了四五十万人次的观众，其中百分之六十是二十来岁的年轻人。他们不一定看得懂，感受也不见得深刻，却参与了一场“情与美”的仪式。

奚 在泛滥的物质生产和广告营销之后，社会大众会开始翻转，寻找心灵精神真正的满足。你不需要那么多的物质和消费，心灵也可以得到和谐与满足。这份和谐正是中国传统文化所一向推崇的，却在急切地向西方学习的过程中，不知不觉斩断了，就像美人自毁花容。昆曲不应该是一时的流行，它对未来的世代是一种启发。说到文化的传续，就像日本人以恭敬的心看能剧，为的是从中找出古典与现代的连结。

白 就像东京再怎么新潮，日本人始终还是努力保存京都的古风。

以前大陆学生谈到昆曲，会说是爷爷奶奶看的“困曲”，看了要睡觉的，现在却对昆曲心生尊敬，觉得看昆曲是参加一种文化的仪式。

奚 如果学生能用尊敬的心看昆曲，忍耐它的“困”，那才是真的进入状况。现在的博物馆，只想把古画变成3D、动画，而不让观众好好、安静地看一幅画。

除了“情与美”，昆曲的美感之下更蕴藏中国儒、释、道三家合流的成熟文化，《玉簪记》便是代表。

传统戏曲如何适度地跟现代科技结合？

白 青春版《牡丹亭》做到顶后，我一直在想，如何再找一部戏超越。我想到《玉簪记》的《秋江》，波涛汹涌中，两人海誓山盟，真的是还诸天地。

《牡丹亭》带给我的灵感，是如何把中国古代元素放到现代舞台。新版《玉簪记》里有佛教艺术、古琴、书法，都是中国最重要的传统文化。《琴挑》以琴传情，《偷诗》则以诗示爱。青春版《牡丹亭》有二十七折，新版《玉簪记》只有六折，可以做成更精致的艺术品。

我们在《偷诗》这折戏中，放一幅奚淞画的观音在舞台上，俯瞰两个小男女、芸芸众生谈情说爱。中国传统不能在佛像前谈情，我们让它反过来，佛也有情。奚淞有一本画册《三十三白描观音菩萨》，我一翻就是这个菩萨，把他请上台。他一上台，整个台就活了。

奚 这个舞台上的观音让我想到菲茨杰拉德的《大亨小传》，小说描绘广告招牌上一双超大的眼睛，始终凝视着这个世界。

白 “情”在昆曲里变成一种宗教的仪式。新版《玉簪记》的舞台上，奚淞画的菩萨，手里有一朵莲花，加上董阳孜的书法，两者配在一起产生了一种特殊力量。

奚 舞台上的"菩萨手"好像在护持青春的花朵。在大乘佛教菩萨思想开展后，对情感有另一种诠释。在菩萨的护持下，从至情至性可以引导成心灵的开悟。

白 新版《玉簪记》不止是一出戏，更延续了中国琴棋书画的传统。

奚 新版《玉簪记》的舞台不是西方的写实，而是一种象征性的表现。《秋江》里没有真的水，而是以书法象征江水，呼唤整个情境。

白 昆曲的美学是抽象写意、象征诗化的。有剧团演《牡丹亭》，在舞台上吊了一园子的塑料柳枝。我们的《牡丹亭》只摆了一幅抽象画，表达"姹紫嫣红"的意境。我制作的青春版昆曲，舞台上的布景都是抽象写意、象征性的。

奚 现代剧场的舞台比古代大很多，现场观众也多了许多倍。如果还是像传统昆曲一样只摆一桌二椅，那是不行的。要引爆剧场，或许得借助一些现代的技术。

白　现代舞台都有计算机控制的灯光。我在想，未来的表演艺术必得跟现代科技结合。中国传统戏曲如何使用科技，却不被伤害，这就是功夫。

原载于二〇一四年五月《联合报副刊》

陈宛茜／记录整理

图书在版编目（CIP）数据

红楼梦幻：《红楼梦》的神话结构 / 白先勇，奚淞著 .-- 上海：上海三联书店，2024.1
ISBN 978-7-5426-8151-5

Ⅰ . ①红… Ⅱ . ①白… ②奚… Ⅲ . ①《红楼梦》研究 Ⅳ . ① I207.411

中国国家版本馆 CIP 数据核字 (2023) 第 115696 号

红楼梦幻：《红楼梦》的神话结构

白先勇 奚淞 著

责任编辑 / 苗苏以
特约编辑 / 周　玲
装帧设计 / 陆智昌
内文制作 / 陈基胜
责任校对 / 张大伟
责任印制 / 姚　军

出版发行 / 上海三联书店
（200030）上海市漕溪北路331号A座6楼
邮购电话 / 021-22895540
印　　刷 / 山东临沂新华印刷物流集团有限责任公司

版　　次 / 2024 年 1 月第 1 版
印　　次 / 2024 年 1 月第 1 次印刷
开　　本 / 787mm × 1092mm　1/32
字　　数 / 115千字
印　　张 / 9.5
书　　号 / ISBN 978-7-5426-8151-5/ I · 1814
定　　价 / 69.00元